W0472921

Verirrt in den Bergen

Die Jungs aus den Bergen von Montana

Olivia T. Turner

Übersetzt von
Stephan Waba

An den umwerfenden Kerl, der in meinem Fitnessstudio arbeitet.
Wenn du dir jemals den Bart abrasieren solltest, bringe ich dich um.

Kapitel Eins

Carrie

Ich kann mir kaum vorstellen, dass Mia sich das für ihre Hochzeit vorgestellt hat ...

Der Regen prasselt auf meine Windschutzscheibe, als würde ich unter den Niagarafällen hindurchfahren. Meine armen Scheibenwischer geben ihr Bestes, um dagegen anzukommen, aber sie versagen kläglich. Ich kann gar nichts sehen.

Schon normalerweise bin ich eine angespannte Autofahrerin, aber das hier macht mir wirklich zu schaffen. Eine abgelegene, unwegsame Bergstraße, sintflutartiger Regen, kein Handyempfang – das ist echt übel.

Ich halte den Wagen an und erschaudere, als ich höre, wie der Regen auf das Dach prasselt.

Was zum Teufel soll ich jetzt bloß tun?

Ich schaue auf mein Handy. Der blöde Kreis dreht sich zwar weiter, aber trotzdem passiert nichts. Ich habe keinen Empfang.

Um mich herum stehen nichts als riesige Bäume. Vielleicht hätte ich vor einer halben Stunde an der Kreuzung links statt rechts abbiegen sollen.

Mia und Julian heiraten am Samstag in der Greene Mountain Lodge und ich bin ihre Trauzeugin. Ich hatte eigentlich gedacht, wenn ich am Donnerstag losfahre, hätte ich genug Zeit, um es zu schaffen, aber bei diesem Wahnsinnsregen bin ich mir da nicht so sicher. Ich kann überhaupt nichts sehen und langsam wird mir klar, dass ich mich verfahren habe.

Die Greene Mountain Lodge liegt nur wenige Gehminuten von der süßen kleinen Stadt am Greene Mountain entfernt. Doch da ist keine bezaubernde kleine Stadt mit Kopfsteinpflasterstraßen, überteuerten Läden, in denen Schnickschnack verkauft wird, den niemand wirklich braucht, oder gemütliche Pubs, die überteuertes Bier mit seltsamen Zutaten wie Preiselbeeren und Zimt anbieten. Da ist keine atemberaubende Hütte. Und auch nicht meine Freundinnen. Ich sehe nichts außer Regen und Bäumen!

„Wo zum Teufel bin ich?", schreie ich auf, während ich mit der Handfläche auf das Lenkrad hämmere und hupe wie ein tobendes Kleinkind.

Hier gibt es kein Zurück mehr. Die unbefestigte Straße hat sich in zähflüssigen Schlamm verwandelt und ist unglaublich steil mit wahnsinnigen Steigungen an jeder Ecke. Schon bei guter Sicht und mit einer Horde an Fluglotsen, die mir mit diesen kleinen orangefarbenen Stöckchen den Weg weisen, wäre das eine Herausforderung. Aber ganz auf mich allein gestellt wäre es bei diesem Regen unmöglich, umzukehren.

Ich muss also weiterfahren.

Ich bin mir nicht sicher, was sich am Ende dieser Straße befindet, aber das finde ich schon noch heraus.

Ich stelle mein Auto wieder auf Drive und trete das

Gaspedal durch. Die Reifen bewegen sich, aber ich nicht. Die Räder drehen sich im Schlamm mit einem unangenehmen, *wirbelnden* Geräusch durch.

„Scheiße!", schreie ich, als ich wieder auf das Lenkrad schlage. „Ich brauche einen verdammten Mann!"

Ich mag zwar eine selbstbewusste Frau sein, aber für manche Dinge braucht man eben einen echten Kerl. Und dazu gehört auch, ein Auto mitten im Regen durch den Schlamm einen Berg hinauf zu schieben.

Ich versuche es wieder und wieder und versinke mit jedem Tritt auf das Gaspedal tiefer im Schlamm.

„Verdammt!!!", schreie ich, als ich erneut hupe wie eine Verrückte. Da reißt der Scheibenwischer vor mir ab und fliegt weg. Das Ding hat sowieso nicht viel gegen den anstürmenden Regen ausrichten können. Ich habe so ziemlich die gleiche Sicht, nur ohne das kratzende Geräusch.

Denk nach, Carrie. Niemand hier kann dich retten. Du bist auf dich allein gestellt, Kleine.

Ich werfe einen Blick auf mein Handy, das immer noch keinen Empfang hat, kneife die Augen zusammen und versuche, mich zu beherrschen. Ich wünschte, mein Dad wäre hier. Er würde genau wissen, was zu tun ist. Er würde mir eine Standpauke halten, dass ich den Wetterbericht checken und den Bundesstaat nicht verlassen soll, ohne mich auf alle möglichen Umstände vorzubereiten, aber wenigstens käme ich voran.

Ich versuche, Google auf meinem Handy aufzurufen, um herauszufinden, was ich in genau dieser schwierigen Lage tun soll, aber auch hier habe ich keinen Empfang. Gott, was haben die Leute bloß gemacht, bevor das Internet erfunden wurde? Haben sie einfach alles gewusst oder es selbst herausgefunden? Mist!

Es gibt keine Alternative. Ich muss jetzt da raus.

„Nein!“ Ich keuche auf, als ich die Tür öffne und ein Tsunami in mein Auto strömt. Alles ist durchnässt. Ich bin klatschnass, bevor ich überhaupt aus dem Auto steige. Meine nagelneuen, niedlichen Schuhe, mit denen ich heute Abend in den Pub gehen wollte, versinken im dichten, zähflüssigen Schlamm und sind sofort hinüber. „Scheiße! Ich hasse die Natur!“

Bei meiner Abfahrt aus Calgary war es ein wunderschöner Sommertag, also trage ich eine Capri-Jeans und ein Tanktop. Keine Regenjacke, kein Verdeck, und ich habe auch keine Wasserpumpe, um das Wasser zu beseitigen, das mein Auto überflutet.

Der Regen ist kalt und prasselt so heftig, dass es wehtut. Es ist, als würde man mit kleinen Kieselsteinen gepeitscht.

Ich werfe einen Blick auf meine Reifen und weiß sofort, dass ich im Arsch bin. Die unteren Hälften meiner Reifen sind verschwunden. Der Berg hat sie einfach verschlungen.

Vielleicht kann ich den Wagen ja anschieben?

Auf dem Weg zu meinem Kofferraum rutsche ich aus, bevor ich versuche, mein Auto mit aller Kraft anzuschieben. Aber meine Füße rutschen weg und ich platsche mit dem Bauch in den Schlamm.

„Igitt!“

Ich bin so genervt, dass ich weinen könnte. Dieser Regen ist eiskalt! Meine Finger sind bereits taub. Ich spüre Schlamm zwischen meinen Zehen, in meiner Unterwäsche und in meinem Mund. *Oh, wie eklig, er klebt sogar in meinen Haaren!*

Ich halte mich an der glitschigen Stoßstange fest und versuche, mich hochzuziehen. Dabei rutsche ich noch ein paar Mal aus und falle hin, aber schließlich schaffe ich es, auf die Füße zu kommen.

Was, wenn ich mir ein paar Äste schnappe und sie

unter die Reifen klemme? Vielleicht kann sich mein Auto auf diese Weise selbst befreien?

Mir bleibt nichts anderes übrig, also gehe ich auf den nächsten Baum zu und schnappe mir einen dicken Ast. Ich drücke ihn so fest ich kann, aber er gibt nicht nach.

„Ahhhhh!“, schreie ich voller Frust und lasse ihn dann los.

Doch der Baum wehrt sich. Der Ast schlägt zurück und knallt gegen meine Brust, sodass mir die Luft wegbleibt und ich nach hinten stolpere. *Gott, tut das weh!*

„Fick dich!“, schreie ich, als ich endlich wieder zu Atem komme. Ich muss mir merken, im Dezember mit einer Kettensäge genau an diese Stelle zurückzukommen. Dann werden wir ja sehen, wer zuletzt lacht, wenn dieser blöde Baum in meinem Wohnzimmer landet und über und über mit Weihnachtsschmuck behangen ist.

„Das ist doch total bescheuert“, murmle ich, während ich ein paar Stöcke vom Boden auflese. Warum können Mia und Julian nicht in der Stadt heiraten wie normale Leute?!

Ich sammle einen Haufen und schiebe ihn unter die Reifen. Sie sind alle ziemlich klein und brüchig. Als ich zurücktrete und mir den erbärmlichen Haufen ansehe, weiß ich sofort, dass das nicht klappen wird.

Ich wünschte, ich hätte einen Jeep oder einen Truck oder sonst irgendwas mit ordentlich Power. Das ist ein Stadtauto. Es ist für asphaltierte Straßen gedacht, nicht für schlüpfrige, morastige Bergstraßen. Als ich ihn gebraucht gekauft habe, ist es mir eher um die Bluetooth-Verbindung gegangen als um die Pferdestärken. Tja, da habe ich wohl meine Lektion gelernt.

Der Kofferraum!

Hat mein Dad mir nicht einen Notfallkoffer gekauft, den ich benutzen kann? Doch! Das hat er!

Vielleicht ist da eine Signalpistole oder ein Satellitentelefon drin.

Aber als ich den Kofferraum öffne und meine Taschen herumschiebe, fällt mir ein, dass ich ihn ja rausgenommen habe, als ich Mia beim Umzug geholfen habe. Ich habe ihn hinten in der Garage hinter den Golfschlägern meiner Mom verstaut und ihn nie wieder gesehen oder auch nur einen Gedanken daran verschwendet.

„Verdammt", flüstere ich, als ich den Boden des Kofferraums öffne und nachsehe, wo das Ersatzrad ist. Doch auch dieses ist nicht da.

Ein Blitz durchzuckt die Luft, schnell gefolgt von einem ohrenbetäubenden Donnerschlag. Ich schreie auf, renne zur Fahrertür, reiße sie auf und springe hinein.

Mir ist eiskalt. Ich heize kräftig ein, während ich mir ein Shirt aus dem Kofferraum schnappe und es als Handtuch benutze. So ein Mist. Es ist schon halb fünf und mein ... *Nein! Ich habe fast keinen Sprit mehr!*

Der kleine Pfeil schwebt gerade noch über der Linie mit dem großen E darunter. Ich werde die Nacht nicht überstehen.

Ich muss den Motor abstellen. Wenn ich aus diesem Schlamm jemals wieder rauskommen sollte, brauche ich das Benzin, um von hier wegzukommen und von diesem Arschlochbaum zu verschwinden.

Mit klopfendem Herzen drehe ich den Schlüssel, als sich plötzlich alles abschaltet.

Blitze zucken durch den Himmel und ein weiteres dröhnendes Donnergrollen versetzt mich in Angst und Schrecken.

Ich muss morgen Abend beim Probeessen sein. Am nächsten Vormittag findet die Hochzeit statt. Ich bin die

Trauzeugin. Und ich habe Julians Ehering in meiner Handtasche!

Das darf ich nicht vermasseln ... Mia würde mir nie verzeihen.

Ich muss unbedingt eine Möglichkeit finden, von diesem verdammten Berg herunterzukommen.

Mir wird ganz flau im Magen, als ich begreife: Ich habe überhaupt keine Ahnung, wie ich das anstellen soll.

Ich bin komplett am Arsch.

Kapitel Zwei

Tyler

„Was zum Teufel soll das?", murmle ich, als ich auf dem schlammigen Berg langsam zum Stehen komme. Mitten auf der Straße hat ein Auto angehalten. „Verdammte Touristen ..."

Das kommt schon ein paar Mal im Jahr vor. Stadtmenschen, die nach Greene Mountain wollen, nehmen die falsche Ausfahrt und verfahren sich unweigerlich. Manche bleiben auch mal hängen. Einmal ist sogar ein Typ bei mir zu Hause aufgekreuzt und hat darauf beharrt, bei mir zu übernachten. Immer, wenn sowas passiert, bin ich mächtig genervt.

„Mach schon!", rufe ich, während ich wie wild hupe.

Durch die Heckscheibe des Wagens vor mir kann ich den Umriss des Kopfes der Person erkennen, die sich zu mir umdreht. Ich hupe nochmal.

Da schwingt die Tür auf und eine junge Frau Anfang zwanzig fährt heraus. Ich kann sie nicht richtig erkennen, weil ihr nasses schwarzes Haar ihr ins Gesicht geklatscht ist.

Mit zusammengebissenen Zähnen und irrem Blick starrt sie mich an. Dabei sieht sie aus wie diese Verrückte aus *The Ring*.

„*Offensichtlich* stecke ich fest!", kreischt sie, als sie auf mich zustürmt und bei jedem Schritt im Schlamm ausrutscht.

„Glaubst du, dass ich *freiwillig* hier auf diesem verdammten Berg parke?! Dass ich hier nur zum Spaß rumhänge?!"

Mein Herz pocht noch ein wenig stärker, als ich das Feuer in ihren strahlend blauen Augen sehe. Ihre Kleidung ist klatschnass und klebt an ihrem Körper, sodass jede ihrer reizvollen Kurven bestens zur Geltung kommt. Jedes Mal, wenn sie ihre Arme bewegt, wackeln ihre kecken Brüste. Die sind einfach hinreißend. *Sie* ist hinreißend. Ich kann meinen Blick einfach nicht von ihr abwenden.

„Hup ruhig weiter, du Arschloch!", brüllt sie, als sie an meiner Motorhaube ankommt. „Das ist ja soooooo hilfreich!"

Ich kurble das Fenster herunter, während sie mit zusammengebissenen Zähnen durch den Schlamm stapft. Der Regen prasselt auf meinen Truck, klatscht auf meinen Arm und verteilt sich auf meinem gesamten Hemd, aber das kümmert mich nicht. Diese Frau besitzt meine volle Aufmerksamkeit. Ich möchte nicht, dass irgendwas zwischen uns steht. Möchte sie in ihrer ganzen Pracht sehen.

„Vielleicht zieht mich deine laute Hupe ja wie von Zauberhand aus dem Dreck!", schreit sie, als sie an meiner Tür ankommt. „Oder vielleicht scheuchst du damit einen Bären auf, der mich dann aus dem Schlagloch schubst. So oder so, hup ruhig weiter! Das hilft mir echt weiter!"

Ihre nackten Schultern heben und senken sich mit

jedem verärgerten Atemzug. Mit zu Fäusten geballten Händen starrt sie mich an.

„Wie lange bist du schon hier draußen?", frage ich.

„Eine verdammt lange Zeit!", kreischt sie.

Der kalte Regen prasselt auf sie nieder. Sie sieht aus, als wäre sie kurz davor, zu erfrieren. Sie hat am ganzen Körper eine Gänsehaut und ihre Brustwarzen sind steinhart. Ich versuche, nicht hinzusehen, aber das ist fast unmöglich.

„Komm schon, wärm dich in meinem Truck auf", biete ich ihr an. „Ich mache die Heizung an."

Nachdem ich sie angeschaltet habe, beginnt die Heizung aufzudröhnen und heiße Luft strömt heraus.

Sie schluckt schwer, als sie in meinen Wagen schaut, und ihr Ärger verfliegt schnell. „Ach ja?"

„Ich will mal sehen, was ich mit deinem Auto anstellen kann", erkläre ich ihr, während ich den Sicherheitsgurt löse und die Tür öffne. Da tritt sie zurück und sieht mich mit ihren großen blauen Augen an.

Dieses Mädchen hat etwas an sich, das meine Beschützerinstinkte weckt. Ich möchte mich einfach um sie kümmern. Sie wärmen. Ihr zu essen geben. Ich möchte mich um all ihre Bedürfnisse kümmern. Um zwar wirklich um *alle*.

„Du siehst aus, als ob dir kalt wäre", stelle ich fest, während ich die Tür offen lasse. „Spring rein. Da ist es schön warm."

Da braucht sie keine weitere Extraeinladung.

„Danke", flüstert sie, als sie an mir vorbeistürmt und in meinen Wagen steigt. Mein Blick fällt auf ihren schönen runden Hintern, bevor sie die Tür schließt und ihn ins Innere verfrachtet.

Jetzt bin ich derjenige, der im eiskalten Regen steht und

klatschnass ist. Sie scheint nicht ganz so besorgt um mich zu sein, wie ich es um sie war.

Ich muss grinsen, als ich mich auf den Weg zu ihrem Auto mache. *Verdammt* ... Diese Reifen sind ganz schön tief eingesunken. Wie hat sie das bloß angestellt?

Ihr Auto lässt sich nicht mehr aus dem Dreck ziehen. Ich hatte eigentlich gedacht, ich könnte sie anschieben oder abschleppen, aber dabei würde ich nur die Stoßstange abreißen und wahrscheinlich eine Felge eindellen. Das Auto braucht dringend einen Abschleppwagen.

Mit einem tiefen Atemzug drehe ich mich um. Ihr Anblick hinter dem Lenkrad mit den nassen Haaren überwältigt mich bis ins Mark. Sie sieht mich mit diesen großen, blauen, unschuldigen Augen an und es fühlt sich an, als hätte ein Blitz direkt in mein Herz eingeschlagen. Als ob mein ganzes Leben gerade auf den Kopf gestellt worden wäre.

Ich stehe im Regen, starre sie ehrfürchtig an und habe ein komisches Kribbeln in meinem Bauch.

Ich *will* sie.

Sie ist die Richtige für mich. Ich habe keine Ahnung, woher ich das weiß, aber ich weiß es.

Ich spüre, wie sich die Besessenheit in mir ausbreitet und schnell jeden Zentimeter meines erstarrten Körpers erobert.

So etwas ist mir noch nie zuvor passiert. Das ist alles völliges Neuland für mich.

Ich bin schon öfter von Frauen angemacht worden. Sogar die Verkäuferin in der Stadt hat ein Auge auf mich geworfen, aber ich war noch nie so fasziniert gewesen wie jetzt. Noch nie war ich nach einem Blick so gefesselt gewesen.

Ist das Liebe auf den ersten Blick? Bin ich gerade dabei, meinen Verstand zu verlieren?

Sie kurbelt das Fenster herunter und ich komme auf den Boden der Tatsachen zurück. „Kriegst du das wieder hin?"

Ich schüttle den Kopf, während ich zu ihr hinüberlaufe, ohne meinen Blick von ihr zu lassen. „Das Ding steckt fest. Du brauchst einen Abschleppwagen, um den Wagen freizubekommen."

Ich frage mich, was ich getan hätte, wenn ich sie abschleppen hätte können. Hätte ich ihr Auto befreit und sie aus meinem Leben verschwinden lassen? Oder hätte ich gelogen und sie noch ein bisschen länger hierbehalten?

Ich würde gerne glauben, dass ich mich für Ersteres entschieden hätte, aber ich weiß, dass es eher Letzteres gewesen wäre. Ich kann dieses Mädchen jetzt einfach nicht gehen lassen.

„Wie kann ich hier einen Abschleppdienst erreichen? Hast du ein Handy?"

„Handys funktionieren hier oben nie", erkläre ich ihr, und das stimmt auch irgendwie. Mein Handy hat keinen guten Empfang, aber für solche Notfälle habe ich ein Satellitentelefon im Kofferraum. Das binde ich ihr aber nicht auf die Nase. Dann würde sie wahrscheinlich ihren Freund anrufen, damit er sie abholt.

Bei diesem Gedanken zieht sich meine Brust unerbittlich zusammen. Vermutlich würde ich ihn vom Berg schleudern, wenn er hier aufkreuzen würde.

Diese Kleine gehört *mir*. Das habe ich beschlossen. Sie ist auf meinem Berg aufgetaucht, was bedeutet, dass sie zu mir gehört.

„Bei mir zu Hause habe ich einen Festnetzanschluss",

teile ich ihr mit, während mein Puls rast. „Du kannst mich doch nach Hause begleiten und von dort aus anrufen."

Sie beißt sich auf die Unterlippe und blickt sich angespannt um.

„*Fuck*", flüstere ich leise, als ich sehe, wie sich ihre ebenmäßigen weißen Zähne in ihre pralle rosafarbene Lippe graben.

Diese aufreizenden blauen Augen sind plötzlich wieder auf mich gerichtet und meine Beine fühlen sich ein klein wenig schwächer an. „Zu dir nach Hause?"

Ich nicke.

„Aber ich kenne dich doch gar nicht."

„Ich dich doch auch nicht."

„Ja, aber du bist dreimal so groß wie ich! Woher soll ich dann wissen, dass du nicht irgendwas ... anstellst?"

„Wir sind doch jetzt schon allein", antworte ich, während ich meine tätowierten Arme öffne und mich umschaue. „Ich behalte meine Hände bei mir. Das wird bei mir zu Hause auch so sein, versprochen."

Solange du mich nicht darum anbettelst ...

„Also gut", erwidert sie angespannt. Sie schwingt sich über die Mittelkonsole auf den Beifahrersitz und ich erhasche einen weiteren herrlichen Blick auf ihren Hintern. Gott, ist die scharf. „Oh, warte! Ich sollte meine Handtasche holen. Und meine Taschen."

„Ich hole sie dir schon, Prinzessin."

Mit einem tiefen Atemzug gehe ich zu ihrem Auto, öffne die Tür und schnappe mir ihre Sachen. Der Geruch ihres Parfums steigt mir in die Nase und macht mich ganz schwindelig. Ich kann gar nicht glauben, dass ich dieses Mädchen wirklich zu mir nach Hause bringe.

Ich werde mich von meiner besten Seite zeigen müssen. Es wird mir schwer fallen, mich zu beherrschen.

Dann öffne ich ihren Kofferraum, packe ihre drei Taschen und trage sie alle zu meinem Wagen zurück.

„Danke", sagt sie, als ich die Sachen auf die Rückbank werfe.

Oh, Gott ... Bin ich wirklich bereit dafür?

Ich schließe die Tür, schaue mich nach den wunderschönen nebelverhangenen Bergen um und atme tief ein.

Ob bereit oder nicht, sie ist bereits in mein Leben getreten.

Sie ist da. Das Mädchen meiner Träume.

Und ich werde mir diese Gelegenheit nicht entgehen lassen.

Kapitel Drei

Carrie

Was ist gefährlicher? In einem Auto zu sitzen, das bei sintflutartigem Regen auf einer steilen Bergstraße feststeckt? Den fraglichen Berg hinunterzulaufen und zu riskieren, von einem Berglöwen angegriffen zu werden? Oder in den Truck eines geheimnisvollen Mannes aus den Bergen zu steigen und dabei Gefahr zu laufen, ermordet zu werden?

Alle diese Möglichkeiten sind ähnlich riskant, aber bei der, für die ich mich entscheide, ist zumindest die Aussicht atemberaubend.

Dieser Typ ist echt heiß. Wer hätte gedacht, dass sich in den Bergen so umwerfende Kerle wie er verstecken?

Sein hellblaues T-Shirt ist durchnässt und klebt an seinen breiten, runden Schultern. Unter dem dünnen Stoff kann ich seine Tätowierungen erkennen. Sie setzen sich bis zu seinem Handgelenk und bis zu seinem Hals fort.

Beim Umfang seines Brustkorbs und der Stärke seiner

Arme könnte man glatt denken, er könnte mein Auto mit Leichtigkeit aus dem Dreck hieven. Er ist echt riesig.

Aber nicht nur seine Größe und Stärke ziehen mich an. Auch sein Gesicht ist atemberaubend. Er hat einen langen braunen Bart, der dicht genug ist, um kleinen Tieren darin Unterschlupf zu gewähren, und der gleichzeitig weich genug aussieht, dass ich meine Finger am liebsten darin vergraben hätte. Sein Haar ist an den Seiten abrasiert und oben lang. Es ist zu einem Pferdeschwanz zusammengebunden, was ich normalerweise nicht ausstehen kann, aber bei ihm gefällt mir das richtig gut.

Und dann diese Augen ... Ich erschaudere bei der Erinnerung daran, wie er mich im Regen so gemustert hat, als ob er sich in mich verliebt hätte. Diese braunen Augen haben sich tief in meine Seele gebohrt. Haben mich festgehalten und nicht mehr losgelassen.

„Ist dir immer noch kalt?", fragt er, als er die Heizung aufdreht.

„Nein", lüge ich. „Alles in Ordnung."

Er lässt sie trotzdem an, was ich ziemlich süß finde.

Als er den Rückwärtsgang einlegt, fällt mein Blick auf seine attraktiven, tätowierten Arme. Seine kräftigen Unterarme spannen sich bei jeder Bewegung an und die Regentropfen laufen an seinem Handgelenk herunter, bevor sie dort abperlen.

„Wohnst du eigentlich gerne ... hier draußen?", frage ich.

Ich stelle mir gerade vor, wie dieser Typ allein mit einer Axt in den Wald marschiert und sich dort eine riesige Blockhütte baut. Wahrscheinlich duscht er unter einem eiskalten Wasserfall, jagt Elche mit bloßen Händen und ringt zum Spaß mit Grizzlybären.

„Auf der Ostseite des Berges."

Seine Stimme ist unglaublich rau und tief. Er ist tatsächlich kein Freund großer Worte. Jeder Satz enthält nur das absolut Notwendigste.

Erschrocken klammere ich mich an die Tür, als er rückwärts die steile Straße runtersaust. Der Regen prasselt immer noch auf die Windschutzscheibe und macht es unmöglich, irgendetwas zu erkennen, aber er manövriert den Truck mit Leichtigkeit, als wäre das nicht schwieriger, als aus einer Parklücke im Supermarkt rauszufahren.

Plötzlich stößt der Truck gegen eine Bodenwelle und ich zucke zusammen.

„Schon gut, Prinzessin", beruhigt er mich. „Ich kenne jeden Zentimeter dieser Berge."

„Nur weil ich aus der Stadt komme, heißt das noch lange nicht, dass ich eine verwöhnte Prinzessin bin", erwidere ich und ärgere mich darüber, dass er mich ständig so nennt.

Da hält er den Truck an und sieht mich mit einer solchen Hingabe an, dass es mir den Atem raubt und mein Innerstes zusammenzieht. „Das ist doch keine Beleidigung", antwortet er aufrichtig. „Ich empfinde für dich allergrößten Respekt."

„Ach wirklich, denn wo ich herkomme, ist das nicht unbedingt ein Kompliment."

„Da, wo ich herkomme, schon. Wenn ich dich betrachte, sehe ich keine normale Frau vor mir. Ich sehe eine Frau, die auf einen Thron gehört. Die es verdient, verehrt zu werden. Eine Frau, die mich berührt und mir den Atem raubt. Eine Frau, die von der königlichen Leibgarde beschützt werden sollte."

Ich starre ihn entgeistert an. Und ich habe schon gedacht, er hält mich für eine verwöhnte Göre.

„Ich kann dich aber auch bei deinem Namen nennen, wenn du möchtest. Wie heißt du denn?"

„Carrie", erwidere ich und meine Wangen erröten. „Und du?"

„Tyler Becker."

Ich bin so gefesselt von diesem Kerl. Von diesem Tyler Becker. Er scheint Anfang dreißig zu sein, vierunddreißig, wenn ich raten müsste. Ich bin erst zweiundzwanzig und hätte nie gedacht, dass ich auf einen älteren Mann stehe, aber langsam fange ich an, meine Meinung darüber zu überdenken. Er hat so eine selbstsichere Ausstrahlung. Das ist unheimlich anziehend.

Er fährt weiter rückwärts, und wieder beweist er volles Vertrauen in seine Fähigkeiten. Die Angst, vom Berg zu rutschen, verfliegt mit jeder geschickten Drehung seines Trucks ein wenig.

„Was arbeitest du hier oben eigentlich? Oder ernährst du dich einfach von Mutter Natur?" Es würde mich nicht überraschen, wenn er behaupten würde, dass er den Truck komplett selbst gebaut hat.

„Ich betreibe ein kleines Unternehmen."

„Ach ja?"

Er nickt, während er um eine steile Kurve fährt. Hinter der Straße wachsen noch einen halben Meter Sträucher und dann fällt das Gelände in einen bewaldeten Abgrund ab. Mir wird ganz mulmig. Ich muss meine Augen schließen, damit ich nicht schreie.

„Ich bin Cowboy."

„Ein was?"

Er gluckst. „Ich habe zwölf Pferde und ein paar Mitarbeiter. In den Bergen habe ich einige Pfade angelegt, auf denen wir Touristen mitnehmen. Einige der Sehenswürdigkeiten sind atemberaubend."

Ich schlucke schwer, als mein Blick über seine Brust wandert, während er sich umdreht und aus der Windschutzscheibe schaut. „Darauf wette ich."

„Es ist ein unbeschwertes Leben. Ich bin gerne jeden Tag in der Natur."

Genau das würde ich auch so gerne. In der Nähe von Pferden sein. Mehr mit der Natur in Verbindung sein. Natürlich nur, wenn ich einen kräftigen, tüchtigen Mann hätte, der all die Sachen erledigt, die ich nicht machen möchte, wie zum Beispiel mein Auto aus dem Matsch hieven und andere Drecksarbeiten.

„Und was ist mit dir? Erzähl mir doch mal was von dir, Prinzessin. Entschuldigung, ich meine Carrie."

Das mit der Prinzessin macht mir inzwischen gar nicht mehr so viel aus. Wenn er der Meinung ist, dass man mich anbeten sollte, wie kann ich ihm dann widersprechen? Ich wünschte, ich hätte darüber einfach die Klappe gehalten.

„Ich lebe in Calgary."

„Kanada?", fragt er und dreht den Kopf herum. Ein enttäuschter Blick liegt in seinen braunen Augen.

„Was? Du magst keine Kanadier?"

„Das ist es nicht ... Es ist nur ..."

„Was?"

Er atmet tief durch und wendet sich wieder der Straße zu. „Nichts. Was arbeitest du in Calgary?"

„Ich arbeite in einer kleinen Marketingfirma. Kennst du den Werbespruch für Watsons Küchenrollen?"

Er sieht mich nur an.

„Kennst du den Song, in dem es heißt: 'Auf Theken, Böden und Tischen, mit Watsons Küchenrollen kannst du alles wegwischen.'?"

Er blickt mich weiter nachdenklich an.

„Er ist ziemlich beliebt. Der Song lief auch während der

Fußballweltmeisterschaft. Auch auf YouTube war er einen Nachmittag lang der Renner."

Auf seinem Gesicht zeigt sich null Wiedererkennen.

„Ich habe keinen Fernseher."

Natürlich hast du keinen.

Ich kämpfe gegen den Drang an, die Augen zu verdrehen. „Nun, den habe ich mir ausgedacht."

Ein paar peinliche Sekunden vergehen. Ich schwöre, wenn er den Jingle hören würde, würde er ihn lieben. Er würde den ganzen Tag in seinem Kopf bleiben. Vielleicht sollte ich ihn ihm noch einmal vorsingen ...

„Wohnst du eigentlich in Calgary mit einem Freund zusammen?"

Er beißt seine Zähne zusammen, während er auf meine Antwort wartet. Ich könnte schwören, dass er eifersüchtig ist, wenn die Vorstellung nicht so abwegig wäre, dass dieser umwerfende Berggott irgendwas mit einer nervigen Stadtgöre wie mir zu tun haben will. Wahrscheinlich möchte er mich so schnell wie möglich loswerden, nach Hause fahren, seine muskulöse Brust mit heißem Öl einreiben und dann mit einer Axt einen Baum fällen. Oder was auch immer so scharfe, muskulöse Männer aus den Bergen in ihrer Freizeit machen. Ich bin mir da nicht so sicher.

„Nein, ich wohne bei meinen Eltern", antworte ich mit einem Kribbeln in den Fingerspitzen. „Ich bin Single. Ich habe keinen Freund."

Das war in letzter Zeit ein ziemlich wunder Punkt für mich. Meine beste Freundin heiratet und alle meine anderen Freundinnen kommen mit Dates zur Hochzeit. Während ich die einzige Verliererin bin, die alleine geht.

Er atmet lang und schwer aus, als ob er eine aufgestaute Spannung loswerden möchte.

„Und was ist mit dir?", frage ich, als ich sehe, wie sein

Griff um das Lenkrad nachgibt. „Hast du denn eine wilde Frau aus den Bergen, mit der du zusammenlebst? Trägt sie ein Bärenfell und isst Rinde von Bäumen?“

„Was?“, fragt er und sieht mich grinsend an.

„Nichts“, antworte ich, während meine Wangen heißer werden. „Hast du denn eine Freundin? Oder eine Frau?“

Er schüttelt den Kopf und eine Woge der Erleichterung durchströmt mich.

„Nein, ich habe bloß darauf gewartet, dass die Richtige auftauchen würde.“

Habe gewartet. Hmm, interessant. Wahrscheinlich nur ein Fehler. Oder vielleicht hat er die Suche nach der Liebe ja schon längst aufgegeben. Dieser abgelegene Berg wäre der ideale Ort zum Leben für jemanden, der nicht darauf aus ist, jemanden kennenzulernen.

„Und die ist noch nicht aufgetaucht?“

Er sieht mich aus den Augenwinkeln an, wendet sich dann wieder der Straße zu und lenkt den Truck um eine weitere steile Kurve. „Das würde ich nicht sagen.“

Ich weiß nicht, warum, aber diese schwammige Antwort jagt mir warme Schauer über den Rücken.

„Was machst du überhaupt hier oben?“, fragt er.

„Meine Freundin heiratet am Samstag in der Greene Mountain Lodge. Ich bin die Trauzeugin.“

„Das erklärt all die Taschen.“

„Ja“, antworte ich mit einem Lachen. „Glaub mir, ich hatte genug für fünf Taschen dabei, aber dann musste ich mich auf drei beschränken.“

Er gluckst.

„Du würdest mich gerne wieder Prinzessin nennen, nicht wahr?“

Er grinst und mein Herz fängt an zu galoppieren. „Vielleicht.“

„Nenn mich doch, wie du möchtest“, lächle ich zurück. „Du hast mich gerettet, also hast du es verdient.“

Wir kommen an eine Straßengabelung und Tyler kann den Truck wenden.

Es ist immer noch furchterregend, mit dieser Geschwindigkeit und unter diesen Bedingungen den Berg hochzufahren, aber wenigstens rasen wir nicht mehr rückwärts hinunter.

„Kein Date für die Hochzeit?“, fragt er und wirft mir wieder diesen neugierigen Blick zu.

„Nein“, erwidere ich. „Ich bin die Einzige, die Single ist.“

„Ich bin mir sicher, dass du einen Glücklichen findest, der dich gebührend verehrt, Prinzessin.“

Dieses Mal ärgere ich mich nicht über den Kosenamen. Irgendwie gefällt er mir. Ich lächle, während ich ihm dabei zusehe, wie er den Feldweg hinauffährt.

Langsam wird es hier drinnen so richtig heiß. Die Heizungen laufen auf Hochtouren, aber es ist auch dieser heiße Typ, der den Truck zum Glühen bringt. Oder vielleicht bringt er auch bloß mich zum Glühen.

Es ist diese schwüle Hitze, die mein Shirt nicht trocknen lässt. Ich überlege, ob ich ihn bitten soll, den Wagen anzuhalten und die Augen zu schließen, damit ich eines der vielen trockenen Kleidungsstücke, die ich auf dem Rücksitz habe, anziehen kann, aber dann überlege ich es mir anders. Ich bin mir nicht sicher, ob er denn wohl einen Blick riskieren würde. Und ich bin mir noch weniger sicher, ob ich das überhaupt möchte.

„Der Regen wird immer schlimmer“, stellt Tyler fest, als wir um eine weitere Kurve fahren und sehen, wie der Regen wie ein kleiner Bach die schlammige Straße hinunterfließt. „Ich glaube nicht, dass du dein Auto heute noch da rausbekommst."

„Aber ..." Auf mich wartet doch ein komfortables Hotelzimmer. Eine Dusche, ein Bett mit trockenen Laken und eine Minibar. Das alles kann ich mir doch nicht entgehen lassen.

Sogar Tylers großer Pickup kommt auf dem Weg nach oben ins Rutschen. An einer Stelle muss er das Gaspedal durchdrücken und schaut ein paar Sekunden lang besorgt, aber die breiten Reifen fangen sich und wir schießen die Straße hinauf.

„Was passiert eigentlich, sobald wir den Abschleppdienst angerufen haben?", frage ich.

Da blickt er mich mit seinen großen braunen Augen an und ich verschlucke mich fast laut. Langsam frage ich mich wirklich, was er wohl im Sinn hat.

„Entweder kommt Sam und schleppt deinen Truck mitten im Regen vom Berg ab, was eher unwahrscheinlich ist. Oder er wartet, bis morgen die Sonne scheint und der meiste Schlamm getrocknet ist, um ihn zu holen."

„Wenn er das heute nicht mehr schafft, könntest du mich dann zur Greene Mountain Lodge mitnehmen?"

Wie aus dem Nichts knallt ein Ast in die Windschutzscheibe, der von einem über der Straße hängenden Baum fällt. Ich schreie. Doch er verzieht keine Miene.

Die Scheibenwischer schieben den Ast von der Scheibe, während der Regen weiter auf den Truck prasselt.

„Ich sollte eigentlich nicht mal jetzt fahren", stellt er fest, während er seinen Blick auf die Straße gerichtet hält. „Den Berg hinunterzufahren und dann wieder zurück, ist zu gefährlich. Bis dahin ist der Schlamm knietief, wenn die Straße nicht weggespült ist."

„Was soll ich also tun?"

Er sieht mich an und mein ganzer Körper verkrampft sich. „Du übernachtest bei mir."

„Über Nacht?"

„Du kannst gerne draußen im Regen bleiben, wenn dir das lieber ist, aber ich habe ein schönes warmes Bett und eine heiße Dusche."

Dieses Mal schlucke ich tatsächlich laut.

Aber er tut so, als würde er nichts bemerken.

Was ist denn schon dabei? Ich verbringe doch bloß die Nacht mit einem heißen, geheimnisvollen Mann aus den Bergen. Alleine. Auf seinem abgelegenen Berg. Wo mich niemand schreien hören kann. Was sollte man daran auszusetzen haben?

„Alles klar bei dir, Prinzessin?"

„Mmh!", erwidere ich schnell und hebe unbeholfen den Daumen.

Mir geht's super! Total gut! Keine Sorge!

Oh mein Gott ... Das ist meine erste Nacht allein mit einem Mann ...

Jetzt ist die Prinzessin total am Arsch.

Kapitel Vier

Tyler

Ich halte neben meiner Hütte an und stelle den Motor ab. Der Regen prasselt weiter auf meinen Truck und es klingt, als würden Golfbälle auf mein Dach trommeln.

Das war eine anstrengende Fahrt. Ich wollte Carrie nicht verunsichern, also bin ich ganz ruhig geblieben, aber wir waren ein paar Mal in Gefahr, dass ich die Kontrolle über den Wagen verloren hätte. Gut, dass ich mich für die Geländereifen entschieden habe. Ihr Auto hätte keine Chance gehabt.

Wenn ich daran denke, was ihr hätte zustoßen können ... Wo ihr Auto hätte landen können ... Wo sie jetzt wäre, wenn ich nicht vorbeigekommen wäre ...

Ich schließe meine Augen, atme tief durch und versuche, meine Nerven zu beruhigen, indem ich mir immer wieder vor Augen führe, dass ich sie gerettet habe. Sie steht jetzt unter meinem Schutz und ich werde nicht zulassen, dass ihr irgendwas zustößt.

„Ist das dein Zuhause?", fragt sie, während sie ihre Augen zusammenkneift und versucht, durch den Regen etwas zu erkennen.

Ich hoffe, es gefällt ihr. Es ist eine große Blockhütte mit einer atemberaubenden Aussicht. Bei dem Regen wird sie sie nicht richtig bewundern können, aber hoffentlich ist es morgen früh klar und sie erkennt dann, warum ich diese Berge so sehr liebe.

Ich bin in dieser Gegend aufgewachsen. Die Berge waren mein Spielplatz, als ich ein Kind war. Ich war ständig beim Zelten, Angeln, Jagen, Mountainbiken, Bergsteigen und allem, was ich draußen tun konnte. Fast immer allein. Gesellschaft war mir nie wichtig, aber nachdem ich in Carries wunderschönes Gesicht geblickt habe, überdenke ich das Ganze nochmal gründlich.

Diese Hütte wird sich schrecklich leer anfühlen, nachdem sie wieder weg ist.

Aber vergiss das jetzt. Du hast sie für diese Nacht. Genieße jeden Augenblick.

„Wollen wir reingehen?", frage ich sie.

Sie nickt.

Ich halte den Atem an, als sie durch die Mitte der Sitze nach ihren Taschen auf der Rückbank greift. Ihr nasses Shirt mit V-Ausschnitt klebt an ihrem Oberkörper. Ich kann die Umrisse ihres BHs, die Wölbung ihrer Brüste und das verlockende Dekolleté sehen, wenn sie sich ausstreckt.

Verdammt …

Ich versuche, meinen Blick von ihr abzuwenden. Hoffentlich kann ich mich bald an ihrem Körper ergötzen, so viel ich möchte, aber die Zeit ist noch nicht reif und ich möchte auf keinen Fall, dass sie mich für einen Spanner hält.

Dieses reizvolle Bild bleibt in meinem Kopf, als ich die

Tür öffne und in den Regen hinaustrete. Jeder Zentimeter Kleidung, der durch die Heizung getrocknet worden ist, wird sofort wieder durchnässt.

Ich öffne die hintere Tür und schnappe mir zwei ihrer Taschen. Danach packt sie die letzte und wir eilen ins Haus.

„Du schließt deine Haustür nicht ab?", fragt sie und starrt mich verwundert an.

Ich kichere. „Wer sollte mich denn schon ausrauben? Ein Elch?"

„Ja, ich schätze, hier gibt es nicht viele Verbrecher."

„In diesen Bergen leben nur harte, aufrechte Leute", erkläre ich, während ich ihre Taschen abstelle und meine Stiefel ausziehe. „Verbrecher sind vielleicht oft nicht besonders clever, aber sie sind klug genug, um uns zu meiden."

Sie sieht so neugierig aus, während ihre wachen blauen Augen durch meine Wohnung huschen. Ich schaue mich auch um und betrachte alles mit ihren Augen. Über der modernen Küche befindet sich ein Dachboden, wo mein Bett aufgestellt ist. Es gibt noch ein paar Schlafzimmer im Hauptgeschoss, aber ich wache gerne auf und sehe die atemberaubende Aussicht durch die riesigen Fenster, also schlafe ich dort oben.

Ich bin dankbar, dass ich heute Morgen aufgeräumt habe. Es ist alles picobello.

„Wie schön", freut sie sich, als sie ihre Schuhe auszieht und zu meinen riesigen Sofas hinübergeht. Sie haben die Form eines Rechtecks, bei dem eine Seite fehlt, und sie stehen vor dem großen steinernen Kamin und den beschlagenen Fenstern.

Mit ihrer Hand streift sie über den oberen Rand meiner Couch und das ist so eine einfache Bewegung, aber sie entfacht ein Feuer in meinem Inneren. Ich stelle mir vor, wie dieselbe Hand über meinen Körper fährt und das Bedürfnis, dieses Mädchen zu haben, verankert sich in meiner Seele.

„Sollen wir Sam anrufen?", fragt sie mit hoffnungsvollem Ton.

Sogleich wird diese Zuversicht zunichte gemacht. „Klar."

Ich schnappe mir mein Telefon, schalte es auf Freisprechen und wähle seine Nummer.

Beim siebten Klingeln geht er ran.

„Ja."

„Hey, Sam. Ich bin's, Tyler. Ich habe eine gestrandete Touristin auf dem Berg aufgefunden."

„Die ist bei dem Wetter gefahren?", fragt er und lacht. *„Verdammte Idiotin."*

Carrie runzelt die Stirn.

„Pass auf, was du sagst", warne ich. „Die Dame ist reizend."

„Ist sie denn heiß?"

Ich knirsche mit den Zähnen, als ich mir vorstelle, wie ich durch die Leitung nach seinem dürren Hals greife und ihn zudrücke, weil er so über meine Kleine spricht.

„Mächtige Hupen?"

Dieser Typ weiß einfach nicht, wann er aufhören soll.

„Das reicht jetzt", schnauze ich. „Kannst du ihr Auto abholen?"

Er bricht in Gelächter aus. Carries Miene verfinstert sich.

„Auf gar keinen Fall. Ich trinke gerade drei Bier auf das Spiel der Red Sox. Ich habe echt null Bock."

„Ich zahle dir das Doppelte", antwortet Carrie.

„Nö. Am besten, ich hole es morgen ab."

Wenn er sich für seine unhöflichen Bemerkungen

schämt, weil er weiß, dass sie ihm zuhört, lässt er sich das nicht anmerken. Wie ich ihn kenne, ist ihm das völlig egal.

„Der Wagen befindet sich auf der Westseite meines Berges", erwidere ich. „Ruf mich an, bevor du losfährst."

„Jupp", antwortet Sam und legt dann unvermittelt auf.

„Was für ein charmanter Kerl", meint Carrie und sieht aus, als hätte sie einen schlechten Geschmack im Mund.

„Charmant, nicht wirklich", antworte ich, während ich sie mustere. „Aber er kann verdammt gut Abschleppwagen fahren."

Sie verschränkt die Arme und stützt sich auf die Ellbogen, während sie sich umsieht, was ihre Brüste auf verführerische Art und Weise zusammendrückt.

„Du kannst mich also nicht zur Greene Mountain Lodge bringen?"

Ich schüttle den Kopf. „Das ist zu gefährlich."

Außerdem werde ich sie bestimmt nicht so einfach wieder gehen lassen. Ich habe nur eine Gelegenheit, diese Prinzessin dazu zu bringen, sich in mich zu verlieben, und die werde ich mir nicht entgehen lassen.

Ich habe sie genau da, wo ich sie haben will.

Plötzlich donnert es irgendwo in der Ferne und der Strom fällt aus. Die Lichter erlöschen. Da treffen sich unsere Blicke. Es ist völlig ruhig, bis auf das Rauschen des Windes und das heftige Prasseln der Regentropfen.

„Warum machst du es dir nicht einfach gemütlich?", frage ich, während ich zum Kamin gehe und anfange, Zeitungen zu zerknüllen. „Heute Abend gehen wir nirgendwo mehr hin."

Sie schluckt.

„Am Ende des Flurs ist ein Bad", verrate ich ihr, während ich ein paar Stöcke und Rindenstücke in den

Kamin werfe. „Geh und nimm eine lange, heiße Dusche und ich mache uns in der Zwischenzeit was zu essen."

„Na gut", antwortet sie mit leiser Stimme. Dann schnappt sie sich ihre Tasche und verschwindet im Flur. „Ich ziehe mich einfach aus. Im Haus dieses fremden Kerls. Überhaupt kein Grund zur Sorge."

Sie flüstert es leise vor sich hin, aber ich höre jedes Wort. Und das zaubert mir ein Lächeln auf die Lippen.

Ich habe mich in diese Kleine verliebt. Das spüre ich jetzt schon.

Es ist jetzt schon achtzehn Uhr und morgen früh ist sie wieder weg.

Ich habe ungefähr vierzehn Stunden Zeit, um sie dazu zu bringen, dass sie dasselbe fühlt.

Mein Puls rast, als ich ein paar Holzscheite auf das Feuer lege, das Streichholz anzünde und die Zeitung entfache.

Sie fängt sofort Feuer und geht mit lautem Getöse in Flammen auf.

Dieses Mädchen gehört *mir*.

Ich hoffe nur, dass sie das bis morgen früh auch einsieht.

Sonst habe ich keine Ahnung, was ich dann tun soll.

Kapitel Fünf

Carrie

Tyler hat eine dieser riesigen Duschen mit einem mächtigen Duschkopf, aus dem das Wasser wie Regen herabrieselt. Wie ein schöner, sanfter, warmer Regen, nicht wie der kalte Arschlochregen da draußen.

Ich stöhne auf, als er meinen frierenden Körper umspült und mich bis auf die Knochen wärmt. Das ist einfach himmlisch.

Hier drinnen gibt es einen Vorsprung, der als Sitz benutzt werden kann, und das lässt meine Fantasie in alle möglichen unzüchtigen Richtungen abschweifen, wenn ich mir vorstelle, wie eine gemeinsame Dusche mit Tyler wohl ablaufen würde. Würde er mich über diesen Sitz beugen, oder sich hinsetzen und mich auf seinen Schoß ziehen, oder würde ich gar mit meinen Beinen in der Luft dasitzen, während er sich vor mich hinknien würde?

Halt, halt, halt. Das *muss endlich aufhören.*

Ich bin schon ganz aufgedreht, was ziemlich daneben

ist. Wenn ich morgen Abend allein in meinem Hotelzimmer bin, habe ich genug Zeit, um über meinen scharfen Retter zu träumen. Dann kann ich meine Gedanken zu all den schmutzigen Orten wandern lassen, zu denen sie sich hingezogen fühlen. Aber jetzt, in seinem Haus, muss ich sauber bleiben.

Ich mache mich frisch und suche mir ein scharfes Outfit aus meiner Tasche aus. Meine Lieblingsjeans – die, in der mein Hintern so unglaublich knackig aussieht – und ein Shirt, das gerade so viel Dekolleté zeigt, dass es sowohl heiß aussieht als auch elegant ist.

Ich bin mir ziemlich sicher, dass Tyler ein Busenfan ist. Ich habe mitbekommen, wie er im Truck auf meine Brust gestarrt hat, also habe ich ihn aufgezogen, indem ich auf den Rücksitz gegriffen habe. Mir hat gefallen, wie er vergeblich versucht hat, so zu tun, als ob er nichts bemerkt hätte.

Ich schüttele mein Haar in einem Handtuch aus und wünschte, ich könnte es für diesen umwerfenden Mann trocknen und stylen, aber es gibt keinen Strom für meinen Föhn und ich bin sicher, dass er darauf wartet, als Nächstes eine heiße Dusche zu nehmen.

Er schluckt schwer, als ich aus dem Bad trete und er mich zum ersten Mal in trockenem Zustand sieht. Inzwischen steht er in der Küche und rührt in einem Topf auf dem Gasherd.

Ich versuche, mir ein Grinsen zu verkneifen, als ich sehe, wie sich seine Lippen öffnen und sein Mund vor Staunen offen steht. *Ich gönne ihm ein paar weitere Sekunden, um mich zu bewundern …*

„Was für eine schöne Aussicht", rufe ich, während ich mich zum Fenster drehe und darauf zugehe. Ich spüre die Hitze seiner Blicke auf meinem Hintern, während ich in den Nebel schaue, der durch die Kiefern wabert. Der

Regen hat zwar nachgelassen, aber er fällt immer noch. Ich bin wirklich froh, dass ich hier bin und nicht noch in meinem Auto. Dort würde ich ausflippen.

„Du solltest das alles unbedingt im Herbst sehen", meint er, als er zu mir rüberkommt und sich zu mir gesellt. „Oder im Winter, wenn es leicht schneit. Das ist einfach atemberaubend."

„Darauf wette ich."

Ich stelle mir vor, wie ich an einem dieser Wintertage hier draußen aufwache, während der Schnee alles in ein strahlendes Weiß hüllt, und einfach den ganzen Tag im Bett bleibe und mich an diesen warmen, gemütlichen Mann kuschle. Wir könnten ein Feuer machen, Filme auf meinem Laptop schauen und Süßigkeiten zum Frühstück essen.

„Warum lächelst du?", fragt er grinsend.

Ich kehre in die Wirklichkeit zurück. „Oh, ich habe gerade daran gedacht ..." *Verdammt!* Schnell schaue ich mich im Wald um und suche verzweifelt nach etwas. „... Streifenhörnchen."

„Streifenhörnchen?"

„Ja. Du weißt schon, mit diesen putzigen kleinen Nasen."

Er lächelt mich an, während ich innerlich zerfalle und sterbe. *Streifenhörnchen? Willst du mich verarschen, Carrie?*

„Was kochst du da eigentlich?", frage ich und versuche schnell das Thema zu wechseln. Ich mache mich auf den Weg in die Küche. Sie ist wunderschön, genau wie der Rest des Hauses. Arbeitsplatten aus Granit, maßgefertigte Schränke und hochwertige Geräte. Ich stelle mir vor, wie Tyler sich den riesigen Kühlschrank auf den Rücken schnallt und damit den Berg hinaufwandert, wobei seine muskulösen Oberschenkel das ganze Gewicht locker tragen können.

„Ich habe gestern eine Hühnersuppe mit Nudeln gekocht“, verkündet er, als er mir folgt. Dann nimmt er den Holzlöffel zur Hand und rührt in der Suppe. „Ich dachte, das würde dich aufwärmen.“

Mit der heißen Dusche, dem knisternden Kamin, diesem attraktiven Mann an meiner Seite und dem köstlichen Duft der Suppe fühle ich mich so richtig wohlig warm.

Ich werfe einen Blick in den Topf und mein Magen knurrt, als ich das grob geschnittene Gemüse, die köstlichen Nudeln und die großen, saftigen Stücke Hühnerfleisch sehe, die darin herumschwimmen. Es ist eine deftige Suppe, aber von einem stämmigen Mann aus den Bergen wie ihm würde ich nichts anderes erwarten.

Er schöpft eine große Kelle voll in eine Schüssel und reicht sie mir. Ich nehme sie entgegen und atme den Dampf ein, während das heiße Keramik meine Handflächen wärmt. Mein Magen knurrt. Ich habe gar nicht gemerkt, wie hungrig ich eigentlich gewesen war.

Ich setze mich auf einen Hocker an der Kücheninsel und fange an zu essen. Er beobachtet mich, während ich das Essen hinunterschlinge.

„Das ist sooo gut“, rufe ich zwischen den Bissen. „Du bist wirklich ein hervorragender Koch.“

Ich frage mich, was er wohl sonst noch alles gut kann ... Ich wette, diese riesigen Hände sind in vielen verschiedenen Dingen talentiert ...

Da schöpft er eine weitere Kelle voll und gießt sie in meine Schüssel.

„Also, Trauzeugin“, meint er mit einer hochgezogenen Augenbraue. „Heißt das, du musst eine Rede halten?“

„Ja!“, erwidere ich, als die Angst zurückkehrt. „Ich bin schon ganz aufgeregt. Ich habe zwar ein paar Witze von einer Website zum Schreiben von Reden kopiert, aber die sind nicht besonders komisch.“

„Möchtest du sie mit mir durchgehen?“

„Wirklich?“, frage ich und setze mich auf den Hocker. „Das macht dir nichts aus?“

Er füllt sich eine Schüssel mit Suppe und lehnt sich an den Tresen. „Ganz und gar nicht.“

„Na gut“, antworte ich und atme tief durch, während ich sie aus meiner Handtasche hole. „Aber die Rede ist alles andere als gut. Da muss ich dich warnen.“

Er gluckst. „Lies einfach.“

Ich räuspere mich und lese ihm die ganze Rede vor. Aufmerksam hört er zu, aber er lacht über keinen der albernen Witze, die ich von der Website kopiert habe. Meine Wangen brennen vor Verlegenheit, als ich zu dem Trinkspruch am Ende komme. Ich hasse diese Rede. Ich habe überhaupt keine Lust, sie zu halten. Warum muss die verdammte Trauzeugin überhaupt eine Rede halten? Ich bin doch nicht diejenige, die heiratet! Das ist doch totaler Schwachsinn.

„Schrecklich, was?“, frage ich mit hängenden Schultern.

„Das klingt, als hättest du sie von einer Website abgeschrieben.“

„Das habe ich ja auch!“, rufe ich genervt, während ich das Papier zu einem kleinen Ball zerknülle. „Vielleicht kann ich so tun, als wäre ich im Regen krank geworden und hätte meine Stimme verloren! Dann kann ich den ganzen Abend nur noch so reden“, flüstere ich heiser.

„Das hast du vor?“

„Keine Ahnung!“, rufe ich und flippe aus, während er seelenruhig seine Suppe isst. „Hast du eine bessere Idee?“

„Ja", sagt er. „Schreib deine Rede neu und zwar von Herzen."

„Wie soll ich das denn anstellen?"

Er zuckt mit seinen breiten Schultern. „Sprich darüber, wie es war, als du Mia kennengelernt hast. Von all den schönen Erinnerungen, die ihr zusammen hattet."

Meine Gedanken beginnen zu arbeiten, während ich ihn betrachte. Das könnte klappen ...

„Wie lange kennst du sie denn schon?"

„Ungefähr fünfzehn Jahre."

„Da musst du ja mächtig viel Stoff haben, aus dem du schöpfen kannst. Erinnerst du dich denn noch an das erste Mal, als du bei ihr übernachtet hast?"

Ich muss plötzlich laut loslachen. „Ich habe so viel Zuckerwatte gefuttert, dass mir kotzübel geworden ist und ich mich auf ihre Couch im Keller übergeben habe. Sie hat ihren Eltern gegenüber dann behauptet, dass sie das gewesen war, damit ich keinen Ärger kriege. Sie war so süß. Rückblickend bin ich mir ziemlich sicher, dass ihre Eltern Bescheid gewusst haben, aber sie haben mitgespielt."

„Das ist doch eine tolle Geschichte für deine Rede", sagt er. „Die werden die Leute lieben. Habt ihr auch irgendwelche Insiderwitze zwischen euch beiden?"

„Ja, *jede Menge*."

„Streue ein paar davon ein, aber erläutere sie nicht. Dann lacht Mia und das bringt auch die Zuschauer zum Lachen."

„Meinst du?"

Er nickt, als er seinen letzten Bissen nimmt. „Denk dir lustige Geschichten aus oder Geschichten, die einem ans Herz gehen. Es muss nicht unbedingt lustig sein. Es kann auch etwas Niedliches sein."

In meinem Kopf sprudeln die Ideen, als er eine Schublade öffnet und einen Stift und einen Block Papier herausholt. Dann legt er beides vor mich hin.

„Ich gehe jetzt duschen“, verkündet er, während er neben mir stehen bleibt. „Warum versuchst du es nicht noch einmal und denkst an deine beste Freundin, während du schreibst, anstatt an die Zuschauer zu denken.“

Ich antworte nicht einmal. Zu sehr bin ich damit beschäftigt, eine neue Rede niederzukritzeln.

„Ja!“, flüstere ich vor mich hin. „Das ist gut ...“

Aus dem Augenwinkel sehe ich, wie er mich anlächelt, bevor er im Flur verschwindet.

Mein Stift hört nicht auf, über das Papier zu fliegen ...

Kapitel Sechs

Tyler

„Myxödem“, sagt Carrie, während sie alle sieben Scrabble-Steine fallen lässt und sie zu dem Wort ARM hinzufügt, das sich bereits auf dem Spielbrett befindet.

Mir fällt die Kinnlade runter.

„Und dafür gibt es die dreifache Punktzahl, das bedeutet also ... eine Million Punkte.“

Wie gebannt beobachte ich, wie sie kichert, während sie ihre Punkte zählt.

Wir sitzen beide auf dem Boden und spielen auf dem Couchtisch neben dem Kamin. Sie wirkt so glücklich und entspannt, jetzt wo ihre Rede fertig ist.

Als ich aus der Dusche gekommen bin, hatte sie ihre Trauzeuginnenrede schon vollständig umgeschrieben. Es war einfach hinreißend, sie so aufgeregt zu sehen, wie sie mit einem breiten Lächeln im Gesicht durch die Gegend hüpfte. Ich bat sie, mir die Rede dreimal vorzulesen. Der Text ist sowohl lustig als auch herzergreifend. Die Menge wird an ihren Lippen hängen. Mich hat sie jedenfalls sofort in ihren Bann gezogen.

Mit jeder Sekunde, die ich mit diesem Mädchen zusammen bin, verliebe ich mich mehr. Ich hätte nie gedacht, dass ich mal eine Frau hier oben bei mir wohnen haben möchte, aber jetzt, wo ich sie in meinem Haus sehe, kann ich mir ein Leben ohne sie nicht mehr vorstellen. Das Zimmer wird sich ohne ihr Lachen so leer anfühlen, das Badezimmer wird ohne ihr Make-up auf dem Tresen so kalt wirken und mein Bett wird sich so verlassen anfühlen, wenn sie nicht neben mir liegt und mich die ganze Nacht wach hält.

„Es sind einhundertzwei Punkte“, verkündet sie ganz aufgeregt. „Dazu kommen noch fünfzig Bonuspunkte, weil ich alle meine sieben Spielsteine benutzt habe, also insgesamt einhundertzweiundfünfzig Punkte. Zusammen mit meinen dreiundachtzig Punkten habe ich dann ...“

„Verdammt viele Punkte.“

Sie kichert. „Ja! Zweihundertfünfunddreißig.“

„Und wie viele Punkte habe ich?“

Sie beißt sich auf die Unterlippe und grinst mich an. „Das möchtest du lieber nicht wissen.“

„Wie viele?“

„Einundsechzig.“

„Du hast Recht, das möchte ich nicht wissen.“

„Zu spät.“

Sie kritzelt ihre Punkte auf den Block, während meine Augen auf sie gerichtet sind und jede noch so kleine Einzelheit in ihrem Gesicht betrachten. Ich kann es kaum fassen, dass sie morgen mit ihren Freunden in der Greene Mountain Lodge auf der Hochzeit ihrer besten Freundin sein wird und ich nach wie vor ganz allein bin, mit gebrochenem Herzen und in Gedanken bei ihr.

Die Vorstellung, dass sie beschwipst auf der Tanzfläche mit ihrem süßen Hintern wackelt, zerreißt mir das Herz. Als ich mir ausmale, wie sich Typen ihr nähern und versuchen, sie für sich zu erobern, möchte ich am liebsten laut aufschreien. Wie kann ich sie bloß in die Welt zurückkehren lassen, ohne dass ich an ihrer Seite bin, um auf sie aufzupassen, sie zu beschützen und sie zu lieben?

„Gibst du auf?", fragt sie und sieht mich mit einem koketten Blick an. Ich bin mir nicht sicher, ob das beabsichtigt ist oder nicht. Ich vermute, sie hat gar keine Vorstellung davon, wie attraktiv sie ist. Wie viel pure Lust sie ausstrahlt. Wie wild sie mich macht.

„Niemals", antworte ich, während ich meine Augen auf sie richte.

Sie zuckt mit den Schultern und lächelt, während sie in die Tasche greift und sieben neue Plättchen herausholt. „Mach dich schon mal auf eine gewaltige Niederlage gefasst."

Ich schaue auf das Spielbrett und zucke zusammen. „Ich glaube, ich bin schon tot."

„Da hast du wohl recht."

Ich versuche, sie mit meinen Scrabblefähigkeiten zu beeindrucken, aber mein Verstand ist so sehr auf sie konzentriert, dass ich kaum denken kann. „NETT", sage ich, als ich meine Spielsteine hinlege.

Sie kichert.

„Machst du dich über mich lustig?"

Sie schnaubt entrüstet. „Das würde ich nie tun."

„Ja, ja, ja", erwidere ich, während ich die Steine hinlege. „Wie viele Punkte sind das?"

„Mal sehen ..." Sie neckt mich, während sie den Bleistift an die Lippen setzt und so tut, als würde sie eine Menge

Zahlen in einen ausgedachten Taschenrechner eintippen. „Vier Punkte.“

„Siehst du? Ich hole auf.“

„Ja, wenn du so weitermachst, holst du mich in hundert Jahren wieder ein.“

Sie betrachtet ihre Spielsteine und ich betrachte sie. Ich liebe es, wie sie ihr Näschen rümpft, wenn sie sich konzentriert. Das ist hinreißend. Ich könnte ihr stundenlang zusehen. Selbst die alltäglichsten Dinge – Brettspiele spielen, abwaschen, auf der Couch faulenzen – werden unendlich reizvoll, wenn ich sie mit ihr teilen kann.

Ich möchte nicht, dass sie geht. Ich möchte sie für mich haben. Möchte sie in den Arm nehmen, sie lieben, sie schmecken und mit ihr alt werden. Das alles möchte ich.

Plötzlich hebt sich ihr Blick und sie schluckt schwer, als sie bemerkt, wie ich sie anblicke. Wahrscheinlich ist das zu heftig, aber ich kann nicht anders. Ich bin ganz vernarrt in sie. Bin wie besessen. Ich kann spüren, wie es in meinen Knochen schmerzt.

„Was ist los?“, fragt sie mit einer zaghaften Stimme. „Warum starrst du mich so an?“

Ich könnte jetzt behaupten, dass es nichts ist und mich wieder dem Spiel zuwenden. Und das tue ich auch fast. Aber diese Nacht passiert einem nur einmal im Leben. In dieser Nacht muss man alles auf eine Karte setzen. Ich würde mir nie verzeihen, wenn ich es mir zu leicht machen würde. Wenn ich auf Nummer sicher gehen würde. Ich werde die nächsten fünfzig Jahre an diesen Augenblick zurückdenken und mich dafür verfluchen, dass ich ihr nicht gesagt habe, was ich fühle, dass ich es nicht wenigstens versucht habe.

Es ist Zeit, wagemutig zu sein. Etwas zu riskieren. Es ist höchste Zeit, dieses Mädchen für mich zu gewinnen.

„Ich bin dabei, mich in dich zu verlieben, Prinzessin."

Ihre blauen Augen weiten sich ein wenig, als sie mich fassungslos anstarrt. Sie leckt sich über die Lippen, als sie meine Worte begreift.

„In dem Moment, als ich dich auf der Straße gesehen habe, total genervt und klatschnass, da habe ich es sofort gewusst."

Ich rücke näher an sie heran. Sie weicht nicht zurück.

„Ich habe gewusst, dass du die Richtige für mich bist. Die, die ich unbedingt haben muss. Ich habe gewusst, dass ich dich für die nächsten hundert Jahre lieben kann. Dass ich dich, selbst wenn du in dein Auto gestiegen und weggefahren wärst, immer noch lieben würde. Und zwar für immer und ewig."

Ich schätze, sie hat nicht einmal Luft geholt, seit ich angefangen habe zu reden. Die Röte steigt ihr den Hals hinauf und über ihre Wangen. Am liebsten würde ich jetzt gleich ein Foto von ihr machen. Ich hoffe, dass ich nie vergesse, wie sie mich ansieht.

„Darf ich dich küssen?"

Ihr Blick fällt auf meinen Mund. Endlich fängt sie wieder an zu atmen, aber es sind schnelle, aufgeregte Atemzüge.

„Und ich habe gedacht, ich würde dich nerven."

Ich schüttle den Kopf. „Du könntest mich doch niemals nerven, Prinzessin. Bleib bei mir und ich bete den Boden an, über den du läufst. Ich werde dich so richtig verwöhnen. Mich um all deine Bedürfnisse kümmern."

Mit diesen Worten schiebe ich den Tisch beiseite und nähere mich ihr. Ihr Blick weicht nicht von mir. Die Luft ist glühend heiß, als ich meine Lippen einen Zentimeter über den ihren schweben lasse. Ich kann ihren Atem spüren. Ich kann ihn schmecken.

„Sag mir, dass du dasselbe fühlst", flüstere ich gegen ihren Mund. „Sag mir, dass das hier nicht nur eine einseitige Sache ist."

Sie verliert kein Wort, aber sie nickt bedächtig.

„Ich muss es hören, Prinzessin. Sag mir, dass du mich willst."

„Ich will dich", haucht sie mit atemloser, heiserer Stimme. „So wie ich noch nie jemanden wollte."

Mit einem Stöhnen drücke ich meine Lippen auf ihre. Sie sind so sanft. So süß. Ich fühle mich wie der glücklichste Mann auf Erden, während ich diesen Engel küsse.

Da öffnet sie ihre Lippen und ich lasse meine Zunge in ihren heißen Mund gleiten. Ich schlinge meine Hand um ihren Nacken und halte sie fest, während ich ihren Mund einfordere.

Jetzt lasse ich sie nie wieder los. Nicht, nachdem ich ihre Süße gekostet habe. Sie gehört jetzt für immer mir. Dafür werde ich Sorge tragen.

Sie fasst mich an den Schultern und zieht mich auf sich, sodass wir zu Boden rutschen, während wir uns noch inniger und heftiger küssen. Ihre Hände gleiten an meinen Armen auf und ab und ertasten meine Muskeln, während mein Schwanz immer härter wird. Er pocht vor Verlangen.

Das Feuer neben uns prasselt und knackt, lädt die Luft auf und durchflutet den Raum mit einer lustvollen Hitze.

Sie keucht, als ich meinen Mund von ihrem ziehe und ihren Hals küsse. Ihr Parfüm macht mich ganz wild.

Während ich mich küssend zu ihrem Dekolleté hinunterbewege, wölbt sie mir ihren Rücken entgegen. Mit einem lustvollen Stöhnen schmiegt sie ihre prallen Brüste an mich, während sie sich weiterhin an meinen Schultern festhält.

„Oh, Tyler", stöhnt sie, als ich mich nach unten bewege

und über ihrem Shirt ihre Brüste küsse. Mein Schwanz pulsiert. Ich war noch nie so hart.

Immer weiter arbeite ich mich nach unten, schiebe ihr Shirt hoch und küsse ihren nackten Bauch, während sich ihre Hüften winden.

Ihre Augen sind geschlossen, ihre Lippen geöffnet. Sie gibt diese leisen, aufreizenden wimmernden Laute von sich, während ich ihre Hüften packe und ihre Gürtelschnalle küsse. Ihre Muschel ist so nah. Ich kann sie fast riechen.

„Zieh dein Shirt aus", fordere ich knapp und verlangend.

Schnell setzt sie sich auf, packt es und streift es ab. Ihre schwarzen Haare sind völlig zerzaust, als sie ihr Shirt auf die Couch wirft. Ihre sinnlichen blauen Augen mustern mich, aber mein Blick fällt auf ihre umwerfenden Brüste, die aus dem schwarzen Spitzen-BH quellen. Sie ist das Schärfste, was ich je gesehen habe. Sie raubt mir den Atem.

„Hat diese wunderschönen Dinger schon mal jemand zu Gesicht bekommen?", frage ich, während ich mich wieder auf ihren Mund stürze und sie mit ungeahnter Leidenschaft küsse. Meine Hand wandert über ihren Rücken und beginnt, ihren BH zu öffnen.

„Nein", keucht sie, als ich meinen Mund von ihr löse. „Du bist mein Erster, Tyler. In allem."

„Du bist noch Jungfrau?" Meine Finger halten am Verschluss inne. Ich muss diesen Moment erst einmal so richtig auskosten. Muss ihn für immer in Erinnerung behalten. Ich werde der erste sein, der in den üppigen, geschmeidigen Körper dieser Prinzessin eindringt. Meine Lippen, meine Hände und mein Schwanz werden die einzigen sein, die sie jemals kennenlernen wird.

„Meine Prinzessin", stoße ich hervor, während ich ihren BH öffne und ihn langsam ausziehe.

Sie sieht mir mit glänzenden, begierigen Blicken zu, wie ihre prächtigen Brüste zum Vorschein kommen und dabei herrlich auf- und abhüpfen. Zwei feste, rosafarbene Brustwarzen strahlen mich an und sehen so verlockend aus, dass mir das Herz zerspringt.

Ich bestaune sie so lange wie möglich, bevor es in meinen Händen kribbelt, mir das Wasser im Mund zusammenläuft und ich sie anfassen muss, bevor ich noch ausraste.

Sie stöhnt, als ich meine Hände über ihren Busen gleiten lasse und meinen Mund auf ihre makellosen rosa Knospen lege. Mein heftiges Saugen entlockt ihr ein tiefes Wimmern und Stöhnen.

Ich wandere von einer zur anderen und wieder zurück, lecke, sauge und knabbere an jeder Brust, bis sie keucht und versucht, mir das Hemd auszuziehen.

„Das hier soll runter?", frage ich, während ich mich zurücklehne und es packe.

Sie nickt mit einem Feuer in ihren Augen. „*Alles* soll runter."

Ich grinse, reiße mir das Hemd über den Kopf und werfe es quer durch den Raum. Sie atmet heftig ein, während ihre großen, gebannten Augen über meinen Oberkörper wandern. Ihre Hände gleiten meinen Brustkorb hinunter, über meine Bauchmuskeln und meine Arme wieder hinauf. Anscheinend mache ich sie genauso verrückt wie sie mich.

„Ich *liebe* deine Tattoos", verkündet sie atemlos. „Die machen mich so scharf."

Dann stürzt sie sich auf mich und schmiegt ihre weichen, feuchten Lippen auf meine brennende Haut. Ich betrachte sie dabei, wie sie mich überall küsst und ihre großen, prachtvollen Brüste frei baumeln lässt. Jetzt muss noch unbedingt ihre Jeans runter. Genau wie meine.

Sie muss meine Gedanken gelesen haben, und ihre Hände machen sich an meinem Gürtel zu schaffen, ziehen den Lederriemen heraus und knöpfen dann meine Jeans auf. Ich lehne mich zurück und stütze mein Gewicht auf meine Handflächen, während ich ihr zusehe, wie sie die Hose herunterzieht.

Ihre Brüste hüpfen bei jeder Bewegung und lassen meinen Schwanz nach ihrem Körper verlangen. Ich möchte in sie eindringen. Möchte spüren, wie warm und feucht sie ist.

Sie zieht mir die Jeans über den Hintern und langt dann nach meinen Boxershorts. Ihre Augen sind auf meine pochende Erektion gerichtet. Meine Boxershorts sind schon regelrecht durchtränkt. Seit unserem ersten Kuss läuft Sperma aus mir heraus. Meine Eier halten einen endlosen Vorrat für sie bereit. Der geht mir niemals aus. Ich möchte dieses Mädchen ununterbrochen befruchten. Möchte sie mit meinem Samen füllen.

„Oh!", keucht sie erstaunt, als sie mir die Unterwäsche herunterzieht und mein harter Schwanz zum Vorschein kommt.

Sie hat sicher nicht damit gerechnet, dass ich so groß sein würde. Für eine Jungfrau muss mein riesiger Schwanz verdammt einschüchternd sein, aber sie umschließt mit ihrer Hand begierig meinen prallen Schaft und gleitet mit ihrer heißen Zunge über meine geschwollene Eichel.

Ein tiefes Stöhnen entweicht mir, als ich sie dabei beobachte, wie sie mein Sperma aufleckt und dabei meinen Schaft zusammendrückt. Sie genießt das genauso sehr wie ich. Dann wirft ihr Haar zurück und taucht tief ein, um mich in ihren hungrigen kleinen Mund zu nehmen.

„So ist es gut“, stöhne ich und fahre mit meinen Fingern durch ihr schwarzes Haar. Ich ziehe es zur Seite, damit ich einen besseren Blick auf ihre Lippen auf meinem Schwanz werfen kann. „Dein Mund fühlt sich so herrlich an, Prinzessin.“

Sie zieht sich mit einem Keuchen zurück und fährt dann mit ihrer Zunge meinen Schaft hinauf. Dabei hinterlässt sie eine süße feuchte Spur auf meiner empfindlichen Haut.

Während sie mir einen bläst, massiere ich ihre entblößten Glocken. Die sind so verdammt riesig. So fest. So verflucht scharf. Ich bekomme einfach nicht genug von den Dingern.

Dafür, dass sie noch Jungfrau ist, ist sie weder schüchtern noch zurückhaltend. Sie saugt mich mit einem versauten Eifer aus, der mich total anturnt.

Es dauert nicht lange, bis ich sie schmecken muss. Mir läuft schon das Wasser im Mund zusammen. Begierde und Verlangen schießen durch mich hindurch und treiben mich vorwärts.

Sie wimmert, als ich ihre Hüften packe und sie herumdrehe. Dabei lässt sie meinen Schwanz nicht los und saugt weiter fleißig an ihm, während ich ihre Jeans aufknöpfe und sie über ihren runden Hintern schiebe.

„Zieh die aus“, knurre ich. „Alles.“

Nach ein paar weiteren Streicheleinheiten lässt sie meinen Schwanz widerwillig los und springt dann in die Höhe. Ihre prallen Melonen wippen und hüpfen, während sie mit den Hüften wackelt und ihre Jeans und Unterwäsche runterzieht.

Ich bestaune ihre wunderschöne, schimmernde Muschel direkt vor meinem Gesicht, als sie aus ihrer Jeans schlüpft und sich wieder hinkniet.

Sofort stürzt sie sich wieder auf meine Lustflöte, packt sie, streichelt sie und schiebt sie wieder in ihren versauten kleinen Mund.

Mit einem besitzergreifenden Knurren lecke ich mir über die Lippen, während ich ihre Hüften packe und mich auf den Teppich lege. Ich hebe ihren Körper an und stöhne, als ich sie über mein Gesicht stemme.

Mit klopfendem Herzen starre ich auf ihre gespreizte Lustgrotte, während sie ihre Knie seitlich meines Kopfes am Teppich abstützt.

„Oh ja", knurre ich, während ich mit meinen Handflächen die Rückseite ihrer Oberschenkel hochfahre und sie zum Zittern bringe. Anschließend fahre ich mit ihrem Hintern fort und packe ihn fest, während ich auf ihre unschuldige, jungfräuliche Muschel starre.

Sie lutscht immer noch meinen Schwanz und ihre herabhängenden Brüste kitzeln bei jeder Bewegung meinen Bauch. Ich nehme mir so viel Zeit, wie ich kann, um ihr unberührtes Pfläumchen zu bewundern, bevor ich sie mit meinem Mund verwöhne.

Sie ist makellos. Sie ist vollkommen. Nie wieder wird sie so rein sein.

Ich lecke mir über die Lippen, während ich mir jede Einzelheit einpräge – ihren prallen Kitzler, der aus ihren weichen, feuchten Schamlippen hervorlugt, ihre verführerische Lusthöhle, die so verdammt eng aussieht, ihre cremige Feuchte, ihr kleines gespanntes Poloch. Ich knurre, als das Verlangen mich überwältigt. Ich kann mich nicht länger zurückhalten. Kann keine Sekunde länger warten.

Sie wirft ihren Kopf zurück und schreit auf, als ich mein Gesicht in ihrer Buchse vergrabe und meine Zunge in ihr heißes kleines Loch stoße. Ich packe ihren Arsch fester, als ich eigentlich vorgehabt habe, während ich sie mit meinem gierigen Mund verschlinge. Ich lecke und sauge überall. An ihrer harten, kleinen Klitoris, in ihren Falten, in ihrem Loch und ich ziehe meine Zunge sogar in ihre Arschritze.

Meine Prinzessin schmeckt so gut. Ich weiß nicht, wie ich meinen Mund jemals wieder zurückziehen soll.

Währenddessen schnappt sie nach Luft und saugt weiter an meinem Schwanz. Sie hält nur inne, um zu stöhnen, wenn meine Zunge die richtigen Stellen trifft.

Ich genieße es, hier unten zu sein, mit ihrer gespreizten Scham über meinem Gesicht. Meine Arme sind um ihre Oberschenkel geschlungen und halten sie hier gefangen. Mein Schwanz in ihrem Mund ist ein zusätzlicher Pluspunkt, aber diese süße Pussy ist der wahre Schatz.

Ich lecke ihr enges Loch und sauge dann an ihrer Klitoris, bis ihr Wimmern in spitze Schreie übergeht. *So ist es gut ... Komm für mich.*

Plötzlich wirft sie ihren Kopf zurück – und umklammert meinen Schwanz mit ihrer geballten Hand – um dann laut aufzuschreien.

Ich weiß, dass sie kurz davor ist. Gleich spritzt sie mir in den Mund. Ich kann es kaum erwarten, das zu fühlen. Zu *schmecken.*

„Oh fuck“, keucht sie. *„Oh, verdammte Scheiße ...“*

Also sauge ich immer fester an ihrer Perle. Steigere den Rhythmus. Erhöhe die Leidenschaft. Ich will, dass diese kleine, jungfräuliche Muschi auf meinen Lippen abspritzt.

Da beginnen ihre Hüften zu zittern. Ihr Körper erbebt und sie schreit laut auf. Sie reibt ihre Muschi an meinem Mund und kommt dann plötzlich heftig zum Höhepunkt.

„Fuck!“, schreit sie, während sie mir das ganze Gesicht vollspritzt. Ich vergrabe meinen Mund in ihrer Höhle und stöhne, als ich spüre, wie ihre nassen Säfte mich überfluten.

Gott, dieses Mädchen ... Jetzt kann ich unmöglich mehr ohne sie weiterleben. Das steht verdammt nochmal fest. Ich bin völlig besessen. Ich *brauche* sie.

Während ich ihren warmen Saft auflecke, gleite ich mit meiner Zunge ihre Falten hinauf und in ihr enges Loch und will noch mehr. Ihre Schreie werden schriller, lauter – alles ist für sie noch viel intensiver. Aber ich höre nicht auf. Ich verschlinge ihre köstliche Muschi so lange, bis sie ihr Bein aus meinem Griff löst und von mir heruntersteigt.

„Ich möchte den hier ganz tief in mir spüren", stößt sie hervor, während sie meinen Schwanz in ihrer Hand betrachtet. „Ich möchte, dass du mein Erster bist."

Ein wölfisches Grinsen umspielt meine Lippen, als ich mich erhebe. „Wenn meine Prinzessin das möchte, dann soll sie es auch bekommen."

Kapitel Sieben

Tyler

Meine Kleine sitzt nackt auf dem Boden und versucht, Luft zu holen, während sie mich mit ihren sinnlichen blauen Augen anblickt. Im Feuer neben uns knackt ein Holzscheit, dessen Licht uns in einen warmen, flackernden Schein taucht.

Draußen hat der Sturm zugenommen. Der Regen prasselt gegen die Fenster und die Bäume wiegen sich unruhig im heftigen Wind.

Hier drinnen ist es angenehm kuschelig. Immer noch kein Strom. Das Licht des lodernden Feuers ist das Einzige, was uns erhellt. Meine Kleine sieht darin unglaublich gut aus. Ihre Haut mutet bezaubernd an, wenn die Schatten über ihren Körper tanzen.

Sie schluckt schwer, während sie mich ansieht und sich fragt, was jetzt wohl folgt.

Ich lege meine Hand um meinen harten Schaft und sie leckt sich über die Lippen, ihre Erregung steigt.

„Bist du bereit dazu, diese Kirsche zu knacken?"

Sie schluckt schwer und nickt.

Ich biete ihr meine Hand an. Und sie ergreift sie.

Dann ziehe ich sie hoch und sie fällt in meine Arme, als hätten wir das schon eine Million Mal gemacht. Das fühlt sich so natürlich an. So echt. Meine Kleine im Arm zu halten und ihren Herzschlag zu spüren, ist, als würde ich nach Jahren auf der Straße nach Hause kommen.

Ich küsse ihren Kopf und rieche an ihrem Haar, genieße den zärtlichen Moment, bevor er vorbeigeht und wir es so richtig wild und dreckig treiben.

„Tyler?", flüstert sie und betrachtet mich mit diesen großen, unschuldigen Augen.

„Was gibt's, Prinzessin?"

Sie zögert einen Augenblick, in ihrem hübschen Köpfchen rasen die Gedanken hin und her. Ich wünschte, ich könnte in sie hineinschauen und belauschen, was sie denkt. Ich möchte sie unbedingt noch viel besser kennenlernen. Zwischen uns darf es keine Geheimnisse geben.

„Ist das ... hier echt?"

Ich drücke sie ein bisschen fester, als ich ihre Zweifel spüre. „Was meinst du?"

„Haben wir bloß ... Spaß? Oder ist das etwas ... Größeres? Ich habe keine Ahnung. So was habe ich noch nie gemacht und jetzt bin ich ein wenig durcheinander."

„Durcheinander, was meine Absichten betrifft?"

Sie nickt. „Ist das für dich nur so eine Nummer für eine Nacht?"

Wenn sie nur wirklich verstehen könnte, wie ich mich fühle. Wie tief meine Liebe zu ihr bereits jetzt geht. Wie unglaublich tiefer sie mit jedem Augenblick wird, den wir miteinander verbringen. Dann hätte sie keine Zweifel mehr. Dann wäre sie genauso sicher wie ich, dass wir füreinander geschaffen sind.

„Ich möchte dir mal meine Absichten verdeutlichen, Carrie", antworte ich so sanft und ruhig, wie ich nur kann. „Das ist keine einmalige Sache für mich. Ich habe mich in dich verliebt. Seit dem ersten Moment, in dem ich dich gesehen habe, bin ich in dich verliebt. Und ich werde nie aufhören, dich zu lieben. Ich möchte, dass du hier bei mir bleibst. Möchte mit dir eine Familie gründen. Den Rest meines Lebens mit dir verbringen."

Sie lächelt, als sie sich schüchtern abwendet. Dabei fährt sie mit ihrem Finger über das Tattoo auf meinem Arm und lächelt vor sich hin.

„Möchtest du das denn auch?" Mein Herz pocht wie wild, als ich auf ihre Antwort warte, denn schließlich steht mein ganzes Leben auf dem Spiel.

Ihre himmelblauen Augen blicken mich wieder an und sie lächelt, als sie nickt. „Ja, genau das möchte ich auch."

Am liebsten würde ich mit ihr nun über unsere Liebe sprechen, über unsere Zukunft, über all die unglaublichen Möglichkeiten, aber ich kann mich nicht länger zurückhalten. Es wird Zeit, diesem Engel zu zeigen, was ich für sie empfinde.

Ich küsse sie heftig und fordere ihren Mund mit einem leidenschaftlichen Kuss ein. Dabei stellt sie sich auf die Zehenspitzen und stöhnt in meinen Mund, als sie meine Zunge an ihrer spürt, die so herrlich feucht gegen meine gleitet.

Ihre Hände finden meinen Schwanz und sie beginnt mich zu streicheln, während ich ihren Mund in Beschlag nehme. Das fühlt sich zwar immer noch verdammt gut an, aber das Bedürfnis, in diesen jungen, üppigen Körper zu stoßen, nimmt überhand.

Sie keucht, als ich sie an der Rückseite ihrer Beine hochnehme und sie auf die Couch setze.

„Lass die Beine schön gespreizt“, ersuche ich sie, während ich meinen steinharten Schwanz ergreife und die Eichel in ihren feuchten Schlitz schiebe.

Ihr Mund steht offen, während sie an ihrem nackten Körper herunterschaut, wo wir gleich miteinander verbunden sein werden. Sie atmet heftig und schnell. Ihre leuchtend blauen Augen verschwimmen vor Lust.

Ich drücke meinen harten Schaft gegen ihre Klitoris und gleite mit meiner Länge an ihr entlang. Sie erschaudert, schließt die Augen und stöhnt, als hätte sie noch nie etwas so Lustvolles erlebt.

„Gefällt dir das?“, brumme ich, während ich meinen Schwanz wieder an ihr entlanggleiten lasse und spüre, wie sich ihre harte Perle in meinen Schaft gräbt.

„Oh ja“, stöhnt sie, während sie sich an die Brüste fasst und in die Nippel kneift. Sie hält ihre Beine für mich weit geöffnet und zeigt mir ihre hübsche kleine Pussy.

Es wird Zeit, sie endgültig einzufordern. Sie zu *meiner* zu machen.

Sie erschaudert, als ich meine große, stramme Eichel an ihre winzige, jungfräuliche Öffnung führe. Sie ist so eng. So schmal. Ich werde sie mit meinem riesigen Schwanz weit dehnen müssen.

Ich packe ihre Waden und halte ihre Beine weit gespreizt, während ich langsam meine Hüften vorschiebe.

Wir sehen beide mit angehaltenem Atem zu, wie meine praller Eichel in sie eindringt, ihre Schamlippen aufstößt und in ihr warmes kleines Loch gleitet.

„Oh“, wimmert sie, während sie ihren Kopf zurückwirft und die Augen zusammenkneift.

Ich kann mir gar nicht vorstellen, wie sich das für sie anfühlen muss. Wahrscheinlich kommt ihr das vor, als würde ich sie in zwei Hälften spalten.

Ihre Muschel klammert sich an mich, als ich tiefer in sie eindringe, noch einen Zentimeter, dann noch einen. Sie ist so verdammt *eng*, dass ich an nichts anderes mehr denken kann.

Bis ich zu ihrer Kirsche komme ...

Ich spüre den Widerstand, der sich gegen meine Eichel stemmt, und mache mich bereit für diesen einmaligen Augenblick. Sie muss ebenfalls spüren, wie wichtig dieser Schritt ist, und strahlt mich mit ihren blauen Augen an.

Ich bin drauf und dran, ihr die Unschuld zu rauben. Die Reinheit zu zerstören, in die ich mich verliebt habe. Sie wird nie wieder Jungfrau sein. Wird nie wieder einen unberührten Körper haben.

Und das alles ist dann meine verdammte Schuld.

Ich bin zwar betrübt, dass das alles nun vorbei sein soll, aber ich freue mich auch auf dieses neue Kapitel. Eines, in dem ich sie zu meiner dreckigen kleinen Bitch machen kann. Wo ich meinen großen Schaft in ihre warme Muschel stoßen kann, wann immer ich Lust habe. Wo ich ihren Schoß mit meiner heißen Ladung überziehen kann und spüre, wie sie sich über mich ergießt.

Ich grinse, als ich meine Hüften nach vorne stemme, ihre Jungfräulichkeit durchbreche und sie für immer für mich einfordere. Als mein dicker Schwanz sie vollständig ausfüllt, stößt sie einen Schrei aus und verschlingt jeden einzelnen Zentimeter.

„Oh, Prinzessin", stöhne ich, als ich spüre, wie ihre warme Lusthöhle jeden Zentimeter meines Schafts umschlingt. Ich werde von ihrer cremigen Wärme eingehüllt. Genau hier gehöre ich hin. Ich bin zu Hause.

Sie packt mich an den Schultern, während ich meine Arme um sie schlinge. Wir halten uns beide fest, während wir uns daran gewöhnen, auf diese neue, lustvolle Weise miteinander verbunden zu sein.

Dieses Mädchen fühlt sich so verdammt gut an. Ich habe das Gefühl, im Himmel gelandet zu sein.

„Das machst du großartig, Prinzessin", flüstere ich in ihren offenen Mund. „Es tut nur eine Sekunde lang weh."

Da zieht sie mich nach vorne, presst ihre Lippen auf meine und küsst mich mit unbändiger Leidenschaft und wilder Lust. Ich spüre, wie ihre Zunge in meinen Mund eindringt und fühle, dass ich der glücklichste Mensch auf Erden bin. Womit habe ich dieses unglaubliche Mädchen bloß verdient?

Langsam beginne ich, meine Hüften zurückzuziehen. Dabei dreht sie ihren Kopf und löst ihren Mund mit einem heftigen Stöhnen von meinem. Die seidigen Wände ihrer Höhle umklammern meinen Schaft, als wollten sie mich nicht loslassen.

„So ist es gut", flüstere ich, während ich mich zurückziehe, bis nur noch meine Eichel fest in ihr steckt.

Ich betrachte die rosafarbene jungfräuliche Sahne, die meinen Schaft überzieht. Ich bin der erste Mann, der je in ihr drin gewesen ist. Und ich bin auch der einzige Mann, den diese Muschi jemals kennen wird.

Die unglaubliche Tragweite dieser Erkenntnis erfüllt mich mit Stolz und Dankbarkeit. Ich werde diese Kleine anständig behandeln. Werde jeden einzelnen Zentimeter von ihr verehren und sie beglücken bis zu dem Tag, an dem sich meine Augen für immer schließen.

„Oh ... Scheiße", schreit sie, als ich wieder in sie stoße und meinen Schwanz bis zum Anschlag in sie hineinschiebe. Ich schiebe mein muskulöses Becken in ihre harte kleine Klitoris und sie zittert am ganzen Körper.

„Gefällt dir das?", frage ich mit tiefer, rauer Stimme,

während ich anfange, in einem gleichmäßigen Rhythmus in sie hinein und wieder heraus zu gleiten und sie zu vögeln.

Sie schluckt schwer, während sie versucht, zu Atem zu kommen. „Oh, das fühlt sich so verdammt toll an, Tyler. Bitte hör jetzt nicht auf."

Draußen frischt der Wind auf und peitscht dröhnend durch die Bäume. Der Regen prasselt gegen die Fenster, während ich immer schneller und härter in sie stoße und ihre süße kleine Pussy öffne.

Das Feuer lodert neben uns, während ich ihre Beine packe und sie aufschiebe. Mein Blick ist auf ihre versaute kleine Buchse gerichtet, die über und über mit Sahne bedeckt ist, während ich meinen Schwanz immer tiefer eindringen lasse.

Ich zeige dieser engen, kleinen Muschi, wo es langgeht. Dabei krümmt sie sich meinem Schwanz entgegen. Ich fordere sie ganz für mich ein. Sie ist jetzt mein Revier. Dieser scharfe kleine Körper gehört nur mir.

Und ich bringe jeden um, der versucht, sie mir wegzunehmen. Ich möchte nicht einmal, dass ein anderer Mann mit ihr spricht. Allein der Gedanke daran schürt meine Wut.

Diese Energie lasse ich an ihrer Muschel aus und stoße meinen prallen Schwanz immer und immer wieder in sie hinein. Ihr Wimmern verwandelt sich in Schreie, als ich sie immer härter vögle. Ihre dicken Brüste hüpfen wie wild umher und machen mich ganz wahnsinnig. Was für ein verflucht heißer Anblick. Diese Prinzessin ist eine wahre Augenweide.

„Oh fuck!", kreischt sie, als mein Körper mit jedem harten Stoß ihre Klitoris trifft. Sie kommt gleich. Das kann ich spüren.

Also erhöhe ich das Tempo und stoße in ihre kleine Pussy, während draußen der Sturm tobt.

Dann kneift sie ihre wundervollen Augen zusammen und stößt einen Schrei aus. Ihre Fingernägel graben sich in meine Arme, als der Orgasmus sie überwältigt und sie sich über meinen Schwanz ergießt. Warmer Saft läuft über meinen Schaft und verteilt sich auf meinen Schenkeln.

Ihre Muschi zieht sich um meinen vorwärts drängenden Schaft zusammen. Sie massiert und drückt und versucht, einen Orgasmus aus mir herauszuholen.

Aber ich möchte jetzt noch nicht abspritzen. Ich möchte, dass es noch lange anhält.

Deshalb warte ich, bis ihr Orgasmus nachlässt, dann hebe ich sie hoch und setze mich auf die Couch. Ich ziehe sie auf mich herunter, ein Bein auf jeder Seite meines Körpers, sie sitzt rittlings auf mir und mein Schwanz ist immer noch tief in ihr versenkt.

„Reite meinen Schwanz, Prinzessin“, fordere ich, als ich meine Hände frei habe. „Lass mich kommen.“

Sie beißt sich grinsend auf die Unterlippe und nimmt die Herausforderung an. Dazu packt sie meine breiten Schultern und fängt an, ihre üppigen Hüften zu bewegen und ihre Muschel an meinem harten Schwanz auf- und abgleiten zu lassen.

Dieser Anblick ist einfach umwerfend. Er ist absolut vollkommen.

Ihre prallen, nackten Glocken wippen vor meinem Gesicht. Ich öffne meinen Mund und lasse ihre harten Nippel meine Lippen streifen.

Dabei hüpft ihr aufreizendes schwarzes Haar auf ihren Schultern und lässt sie wie eine Göttin aussehen. Ich bin so verliebt, dass ich gar nicht weiß, wohin mit meinen Gefühlen.

Ich lasse meine Hände über ihre üppigen Brüste gleiten und bewege sie dann auf ihren Po, um ihre Bäckchen zu packen, während sie auf meiner Stange reitet.

Weiterhin fließen ihre warmen Säfte aus uns heraus und hinterlassen ein klebriges Durcheinander zwischen uns. Das ist so heiß. Sie ist das schärfste Mädel auf der ganzen Welt.

Ich muss sie *befruchten*. Muss sie mit meinem Samen füllen.

Sobald ich diesen Gedanken im Kopf habe, kann ich mich nur noch auf ihn besinnen. Meine Eier sind prall gefüllt und bereit, einen Schwall heißen Spermas in ihren wunderbaren Körper zu entladen. Ich muss sie unbedingt mit meiner Lust tränken. Ich möchte, dass sie auf jede erdenkliche Weise mit mir verbunden ist. Alles an diesem Mädchen will ich haben.

Als ein weiterer Orgasmus über sie hereinbricht, krallen sich ihre Finger in meine Schultern. Sie wirft ihren Kopf zurück und schreit laut auf, während der heftige Regen gegen die Fenster klatscht. Die Bäume werden herumgepeitscht, während sie ihre Hüften nach unten drückt und ihren Kitzler an mir reibt.

Da nimmt das Verlangen, sie zu befruchten, überhand. Ich packe ihre Beine und drehe sie herum. Sie lässt sich mit dem Rücken auf die Couch sinken. Weiterhin kommt sie auf mir, wimmert und schreit, als ich ihre Hüften hochziehe, damit ich noch tiefer eindringen kann.

Nach drei harten Stößen ist es so weit. Ich spritze *wie verrückt*. Ihre Muschi pulsiert um meinen Schaft, während ich so tief wie möglich eindringe und mich mit einem Brüllen entlade.

Meine heiße Ladung Sperma schießt aus mir heraus und dringt in sie ein, füllt ihre Büchse und tränkt ihren empfänglichen kleinen Schoß. Mein Samen dringt in sie ein. Sie gehört jetzt verdammt noch mal mir. Und niemand kann sie mir wegnehmen.

Ich benutze kein Kondom. Wahrscheinlich verhütet auch sie nicht. Nichts kann sie davon abhalten, schwanger zu werden, und genauso möchte ich es auch haben.

Die Wucht dieses Augenblicks erschüttert mich bis ins Mark. Alles verändert sich. Meine Welt wird auf den Kopf gestellt.

Dieses Mädchen wird für immer Teil meines Lebens sein. Wird immer ein Teil von mir sein, genau wie ich immer ein Teil von ihr sein werde.

Als die große Hitze nachlässt, bleiben wir eng umschlungen auf der Couch liegen. Sie streichelt mir über den Rücken, während ich mich in ihr festhalte, weil ich ihre Wärme noch nicht loslassen will.

Ich klammere mich an sie, während ihre wundersamen Fingernägel über meine Haut streichen und der Regen draußen nachlässt. Das Knistern des Feuers neben uns wird leiser, die brennenden Holzscheite verwandeln sich in glühende Glut.

Ihre Augen schließen sich und ihr Atem wird ganz langsam und ruhig. Ich könnte für immer so bleiben – tief in ihr versunken und im Wissen, dass mein Mädchen rundum zufrieden ist.

Seufzend atme ich ihren herrlichen Duft ein und schließe ebenfalls meine Augen.

Glücklich und zufrieden ...

... und möchte nicht, dass das hier jemals zu Ende geht.

Kapitel Acht

Tyler

Als ich aufwache, blinken die Uhren. Der Strom ist wieder da. Und mit ihm auch die Sonne.

Hoffentlich erleben Carrie und ihre Freundinnen ein schönes, warmes Wochenende für die Hochzeit. Ich wünschte, ich könnte mit ihr dort sein.

Ich drehe mich im Bett um und lächle, als ich sie sehe. Meine zierliche kleine Prinzessin liegt ausgestreckt da wie ein Kleinkind – Arme und Beine gespreizt, die Laken um sie herum geschlungen, den Mund weit geöffnet und ein bisschen Spucke am Kinn.

Mein Herz fühlt sich so voll an, als ich sie dabei beobachte, wie sie atmet und ihre Brust sich hebt und senkt. Sie trägt eines meiner T-Shirts und es sieht riesig an ihr aus. Wie kann ich dieses Mädchen nur gehen lassen? Wie kann ich ohne sie in mein altes Leben zurückkehren?

Ich hoffe, dass die letzte Nacht alles verändert hat. Für mich jedenfalls hat sie das.

Ich strecke meine Hand aus und wische ihr mit dem

Finger vorsichtig die Spucke vom Kinn. Sie regt sich und öffnet dann ihre Augen. Dabei streckt sie sich, während sie mich durch halb geschlossene Lider ansieht.

„Guten Morgen“, sage ich, lege meinen Arm um sie und ziehe ihren Körper an meinen. Sie fühlt sich so unglaublich gut an. So weich und geschmeidig. Selbst nach dem Liebesmarathon letzte Nacht werde ich sofort hart.

„Hey, du“, flüstert sie mit einem müden Lächeln. Wir sehen uns in die Augen, während ich mit meinen Fingern durch ihr schwarzes Haar fahre und es ihr aus dem Gesicht streife. Sie streichelt meinen Arm, und lächelt mich an.

Ich fahre mit dem Handrücken ihren Hals hinunter, über ihre Brust und lege ihn dann auf ihre Hüfte.

Das reicht mir schon.

Noch ein paar unschuldige Streicheleinheiten und dann verwöhnen wir uns gegenseitig. Das T-Shirt, in dem sie geschlafen hat, liegt auf dem Boden im Zimmer und mein harter Schwanz steckt in ihrer engen, warmen Muschi.

„Oh, Tyler“, stöhnt sie, als ich tief in sie eindringe und sie in der Missionarsstellung nehme. „Ich habe die ganze Nacht von dir geträumt.“

„Ich werde für den Rest meines Lebens jede freie Sekunde von dir träumen“, versichere ich ihr, während ich meine feste Latte in ihrer Glut versenke.

Es dauert nicht lange, bis wir uns gegenseitig zum Höhepunkt getrieben haben und meine Hütte mit leidenschaftlichen Schreien erfüllen. Genau die richtige Art, um aufzuwachen.

In meinem Truck herrscht eine drückende Stille, als ich sie zur Greene Mountain Lodge fahre. Es sind zwar nur fünfunddreißig Minuten Fahrt, aber ich fahre so langsam, dass es mindestens eine Stunde dauert. Ich möchte so viel Zeit wie möglich mit diesem Mädchen verbringen, bevor sie aus meinem Leben verschwindet.

Ich spiele sogar mit dem Gedanken, meinen Truck gegen einen Baum zu setzen, damit ich noch mehr Zeit mit ihr verbringen kann.

„Bist du aufgeregt wegen der Hochzeit?"

Sie blickt aus dem Fenster und ist tief in Gedanken versunken.

„Ja." Doch sie klingt nicht aufgeregt. Sie klingt genauso niedergeschlagen wie ich mich fühle.

Ich atme tief durch, als ich um die Ecke biege. Wir sind immer noch mitten in den Bergen, umgeben von prächtigen Bäumen und üppiger Vegetation. Die Straße ist noch immer matschig von gestern, aber sie trocknet schnell wieder auf. Nichts, womit mein Truck nicht zurechtkäme.

„Ich rufe Sam nochmal an und sorge dafür, dass er dein Auto abholt", sage ich, während ich gegen das Lenkrad drücke und so tue, als würde mein Herz nicht brechen. „Ich sorge dafür, dass er es auf dem Parkplatz der Lodge für dich abstellt."

„Danke", antwortet sie mit leiser Stimme.

Wieder Schweigen. Es fühlt sich an, als wären wir auf dem Weg zu einer Beerdigung und nicht zu einer Hochzeit.

„Tyler?"

„Ja."

„Kann ich dich mal was fragen? Und könntest du hundertprozentig ehrlich zu mir sein?"

„Das werde ich immer."

„Hast du all das, was du gestern Abend gesagt hast, ernst gemeint? Dass ich die Richtige für dich bin?“

Ich halte den Wagen an, stelle ihn auf Parken, drehe mich auf meinem Sitz um und betrachte mein Mädchen voller Liebe. „Ich habe jedes Wort ernst gemeint. Und das tue ich immer noch. Ich möchte dein Mann sein, Carrie. Mehr als alles andere auf der Welt.“

Ein sanftes Lächeln zeichnet sich auf ihrem Gesicht ab.

„Begleite mich heute Abend.“

„Zum Probeessen?“

Sie nickt eifrig. „Du kannst mein Date sein.“

Ich fühle mich nahezu schwerelos, während ich ihr wunderschönes Gesicht bewundere. Es ist noch nicht vorbei. Warum habe ich jemals damit gerechnet, dass es das sein würde?

„Ich wäre liebend gerne dein Date“, antworte ich ihr. „Ich bin da.“

Kapitel Neun

Carrie

Ich weiß ja nicht, was ich von meinem scharfen Mann aus den Bergen erwartet habe – vielleicht alte Jeans und ein Flanellhemd – aber damit hier habe ich ganz bestimmt nicht gerechnet.

Er betritt den Raum in einer grauen Hose und einem weißen, zugeknöpften Hemd. Die Ärmel sind bis zu seinen kräftigen, tätowierten Unterarmen hochgekrempelt und mir läuft ein warmer Schauer über den Rücken, weil ich weiß, dass diese muskulösen Arme die ganze Nacht um mich geschlungen waren.

Er ist so unglaublich heiß. Mit seiner Größe überragt er alle und lässt die anderen Männer wie kleine Jungs aussehen. Seine Haare sind zu einem festen Pferdeschwanz gebunden und sein Bart ist ordentlich gestutzt. Alle Augen im Raum sind auf ihn gerichtet, aber er sieht keinen von ihnen an. Er sucht nur nach mir. Als wir Blickkontakt herstellen, entspannt er sich und es läuft mir ganz warm den Rücken herunter, so besitzergreifend betrachtet er mich.

„Wer ist *das*?“, fragt mich Savannah, eine der Brautjungfern, und ihre Augen springen ihr aus dem Kopf.

Ich kichere, während ich mir die verblüfften Gesichter der anderen ansehe. „Das ist mein Date.“

„*Was?!?*“

Ich lasse sie mit offenem Mund und einer Million Fragen in ihrem Kopf stehen und begebe mich zu meinem Mann.

„Hey, Prinzessin“, flüstert er, als ich bei ihm angekommen bin. Er ergreift sofort meine Hand und küsst mich auf die Lippen. Ich spüre alle Blicke im Raum auf uns gerichtet, aber das kümmert mich nicht. Diese Lippen sind zu lecker, um sie abzulehnen. „Du bist atemberaubend.“

Mit seinen lustvollen braunen Augen mustert er mich von oben bis unten und ich spüre, wie sich meine Brustwarzen vor Verlangen verhärten, als sein Blick noch ein wenig länger auf meinem Busen verweilt.

Ich trage mein neues Lieblingskleid, das ich erst letzte Woche gekauft habe – ein wunderschönes hellblaues, ärmelloses Kleid, das an den Hüften ausgestellt ist und über den Knien endet. Ich war mir nicht sicher, ob ich dafür ein kleines Vermögen ausgeben sollte, aber so wie Tyler mich gerade mit seinen Blicken auszieht, bin ich froh, dass ich das getan habe.

„Hi, Carrie!“, mischt sich eine weitere Brautjungfer, Elle, ein. „Wer ist das?“

Ich habe nur der Braut verraten, dass ich ein Date mitbringen würde. Denn ich wollte die erstaunten Gesichter der anderen sehen, sobald Tyler den Raum betreten würde, und so war es tatsächlich. Sie wirkten alle überwältigt. Es kommt nicht jeden Tag vor, dass ein Mann, der aussieht, als könnte er Thors Doppelgänger sein, einen Raum betritt.

„Das ist mein Kumpel Tyler", stelle ich ihn stolz vor.

„*Freund*, Tyler", erklärt er Elle, während er ihre Hand schüttelt.

Sie hält den Atem an, als ihre großen Augen an seinen kräftigen, tätowierten Armen hinaufgleiten. „Schön, dich ... kennenzulernen. Tyler."

Ihre Wangen erröten und ihr Freund legt die Stirn in Falten, als sie schließlich seine Hand loslässt.

Alle drängen sich um ihn herum, also beschließe ich, ihn allen gleichzeitig vorzustellen. „Das ist mein Freund, Tyler", erkläre ich ihnen. Irgendwie fühlt es sich komisch an, ihn als meinen Freund, meinen festen Freund, zu bezeichnen, aber ich könnte mich bestimmt daran gewöhnen. „Er wohnt hier in der Nähe."

Alle schütteln abwechselnd seine große Hand und heißen ihn auf der Party willkommen.

Während Mias Dad ihm Fragen über das Leben in den Bergen stellt, ergreift Mia meinen Arm und zieht mich zur Seite.

„Du hast mir gar nicht erzählt, dass er *so* aussieht!", flüstert sie und flippt regelrecht aus.

„Wie sieht er denn aus?", frage ich unschuldig.

„Als ob du an ihm hochklettern könntest wie an einem Berg und ihn im Stehen vögeln könntest!"

„Sprich nicht so laut!", flüstere ich kichernd, während ich mich schnell umschaue. Sollte sie irgendjemand gehört haben, zeigt er keine Reaktion darauf.

„Hattest du letzte Nacht denn Sex mit ihm?"

Ich zucke unschuldig mit den Schultern und grinse sie an.

„Oh doch!"

„Und heute Morgen."

Sie keucht. „Carrie, du böses kleines Mädchen! Das *gefällt* mir. Du musst mir unbedingt alles erzählen!"

„Nicht jetzt! Es ist doch das Probeessen für deine Hochzeit!"

„Das interessiert mich nicht. Ich muss *jede Einzelheit* erfahren."

Ich schüttle den Kopf, während ich mir ein Lachen verkneife. „Sollten wir nicht proben oder so?"

„Scheiß drauf", erklärt sie, während sie die Arme verschränkt und mir einen strengen Blick zuwirft. „Einzelheiten. Alle. Und zwar sofort."

Also erzähle ich ihr alles, von unserem Kennenlernen bis zum heutigen Morgen. Als ich fertig bin, starrt sie mich erstaunt an.

„Das ist also was ... Ernstes?"

„Ich denke schon."

„Du willst wirklich hier herausziehen?!"

Ich schlucke schwer. „Ich ... Ich genieße einfach mal das Wochenende und schaue, was passiert."

Mein Blick wandert zu Tyler hinüber. Er unterhält sich mit Mias seltsamem Onkel und mir dreht sich der Magen um. Ich habe ununterbrochen darüber nachgedacht, was wohl passieren wird, sobald das Hochzeitswochenende vorbei ist. Wäre ich bereit, Kanada zu verlassen und mit diesem Mann, den ich gerade erst kennengelernt habe, hier zusammenzuziehen? Mein Herz schreit Ja, aber mein Verstand ist noch unsicher. Ich war im Leben immer sehr pragmatisch, aber wenn es um Herzensangelegenheiten geht, ist pragmatisch wohl nicht der richtige Weg.

„Ich sollte ihn lieber mal befreien."

„Wahrscheinlich eine gute Idee", antwortet Mia.

„Onkel Rob quatscht ihn wahrscheinlich gerade über tote Tiere voll."

Sie wünscht mir Glück und ich mache mich mit klopfendem Herzen auf den Weg. Ich spüre, wie die Aufregung mit jedem Schritt, den ich auf diesen Mann zugehe, steigt.

„Aber am liebsten präpariere ich Stinktiere", erzählt Onkel Rob. „Es stinkt zwar fürchterlich im ganzen Haus, aber das Ergebnis ist es allemal wert."

Tylers braune Augen weiten sich vor Dankbarkeit, als er mich sieht. „Es war schön, dich kennenzulernen, Rob. Wir unterhalten uns später weiter."

Mit einem höflichen Lächeln im Gesicht zieht er mich eilig mit sich.

„Dieser Typ ist echt ... seltsam."

Ich kichere. „Er hat Mia und Julian ein ausgestopftes Opossum zu ihrer Verlobungsfeier geschenkt."

„Was schenkt er ihnen dann wohl zur Hochzeit? Einen ausgestopften Elch?"

Ich lache, während ich mich an seinen Arm klammere. „Das würde mich nicht wundern."

Wir grinsen uns breit an, wie zwei frisch verknallte Teenager, die zum ersten Mal das Gefühl erleben, sich zu verlieben. Der Rest des Raumes verblasst.

„Danke, dass du gekommen bist", sage ich und fahre mit meiner Hand über sein frisch gestärktes Hemd. „Du siehst großartig aus."

„An keinem anderen Ort wäre ich jetzt lieber, Prinzessin."

Ich spüre, wie die Hitze meine Wangen erröten lässt. Ich liebe es, wenn er mich so nennt.

Wir holen uns Drinks und verbringen den Rest des Abends damit, mit meinen Freundinnen zu plaudern und uns in ruhige Ecken zu verziehen, um ein paar Sekunden für uns zu haben.

Julian hält eine nette Rede und dann folgen Mias Eltern mit ihren eigenen. Unter dem Tisch hält Tyler meine Hand fest, als würde er sie nie wieder loslassen wollen. Es ist schwer, sich auf die Reden zu konzentrieren, mit diesem berauschenden Mann an meiner Seite.

„Ich brauche meine Hand zurück", flüstere ich lächelnd, als sie fertig sind und alle klatschen. Widerwillig lässt er mich los und wir klatschen beide, während Mia ihre Eltern umarmt.

Nach dem Essen gehen wir alle auf die Tanzfläche und haben einen Riesenspaß.

Tyler wirbelt mich herum und fängt mich dann auf. Auf der anderen Seite der Tanzfläche erhasche ich einen Blick von Mia und sie zwinkert mir zu.

„Du begleitest mich doch morgen zur Hochzeit, oder?", frage ich ihn, als er mich während eines langsamen Songs festhält.

Er lächelt, als er auf mich herabschaut. „Das würde ich um nichts in der Welt verpassen wollen."

Ich lege meinen Kopf auf seine Brust, atme seinen Duft ein und frage mich, ob das hier wirklich wahr ist. Vielleicht bin ich ja vom Blitz getroffen worden, als ich auf der Straße festgesteckt bin, und das hier ist der Himmel. Das würde mich nicht wundern. Es fühlt sich auf jeden Fall so an.

Wir tanzen und trinken und haben eine Menge Spaß, aber ich bin auch froh, als es endlich vorbei ist. Ich möchte endlich wieder mit diesem umwerfenden, scharfen Kerl allein sein. Ich möchte ihn erklimmen wie einen Berg und mich wieder von ihm erobern lassen.

„Tyler", flüstere ich, während ich auf meinen Füßen

schwanke und mich ein wenig beschwipst fühle. „Ich möchte dir was zeigen."

Er hält mich besonders fest. „Was denn?"

Auf Zehenspitzen bringe ich meine Lippen so nah an sein Ohr heran wie nur möglich. Um mir zu helfen, beugt er sich mir entgegen. „Mein Zimmer."

Er zieht eine Augenbraue hoch.

„Möchtest du es denn sehen?" Ich beiße mir auf die Unterlippe und werfe ihm einen verführerischen Blick zu.

Da ergreift meine Hand und hält sie fest. „Mehr als alles andere auf der Welt."

Kapitel Zehn

Carrie

Wir stürzen uns schon aufeinander, bevor die Tür überhaupt geschlossen ist. Ich werfe mich auf Tyler und verschlinge seine Lippen in heftigen, fordernden Küssen, die ihm regelrecht den Atem rauben. Während ich ihn gegen die Wand drücke, schieben sich seine Hände unter mein Kleid. Meine Muschi *pocht*, als ich diese starken Hände an meinem Hintern spüre. Ich stoße mit meiner Zunge gegen seine, unsere dringenden Küsse werden von der Leidenschaft und dem Alkohol angeheizt, weil wir das den ganzen Abend noch nicht tun konnten.

Plötzlich drehen wir uns herum und ich werde an die Wand gedrängt, während sich Tylers großer, harter Schwanz in meinen Bauch gräbt.

Mein ganzer Körper *sehnt* sich nach ihm. Meine Knie werden ganz schwach. Ich *brauche* ihn. Ich verlange nach ihm.

Schnell stößt Tyler die Tür zu. Endlich sind wir allein. Jetzt können wir *alles* anstellen.

Ich packe sein schickes Hemd, reiße es auf und lasse die Knöpfe davonfliegen. Ich kaufe ihm ein neues. Mir ist das völlig egal ...

Ich knurre praktisch vor Verlangen, als ich meine Hände durch die Öffnung gleiten lasse und seinen harten, durchtrainierten Bauch spüre. Er ist zu sehr damit beschäftigt, meine Brüste zu massieren, um zu bemerken, dass seine Knöpfe klappernd zu Boden fallen.

Das ist so verdammt heiß. Die Luft um uns herum ist wie geladen. Wenn ich nicht aufpasse, verbrenne ich mich noch.

Er öffnet den Reißverschluss meines Kleides, während ich meine Hände zu seinem muskulösen Oberkörper gleiten lasse und ihn festhalte. Er ist unglaublich stark. So ein kräftiger Mann. An seinem riesigen Körper ist kein Gramm Fett zu sehen. Nur harte, perfekt geformte Muskeln, die mit heißen Tattoos überzogen sind. Stöhnend fahre ich mit meiner Zunge an seinem Sixpack entlang, als sich mein Kleid um meinen Körper lockert. Es fällt zu Boden und ich habe plötzlich nur noch meinen BH und mein Höschen an.

Tyler hebt mich mit einem besitzergreifenden Brüllen hoch. Ich halte mich an seinen Schultern fest, während er mich zum Bett trägt.

Sobald ich auf der großen Matratze liege, rutsche ich von ihm weg. „Moment mal, Cowboy. Du musst dich erst genauso nackt machen wie ich. Das ist doch nur fair."

Ich lache, als er sich in Rekordzeit auszieht und sich erst die Krawatte und dann die Hose vom Leib reißt. Eine Naht reißt, als er aus seinem Hemd schlüpft, aber das scheint ihn nicht im Geringsten zu stören. Er hat nur mich im Sinn.

„In Ordnung, Prinzessin?“, fragt er grinsend, als er nur noch in seinen Boxershorts dasteht. Seine enorme Erektion versucht, sich durch den Stoff zu schieben und meine Muschi schmerzt, als ich das sehe.

„Nein“, antworte ich und schüttle den Kopf, während ich versuche, mich daran zu erinnern, zu atmen. „Zieh alles aus.“

Er schenkt mir ein atemberaubendes Grinsen, während er seine Finger in den Bund seiner Unterwäsche schiebt und sie herunterzieht. Ich schlucke hart, als sein großer Schwanz herausspringt und seine pralle Eichel auf seine Bauchmuskeln klatscht. Sein prächtiger Schwanz steht kerzengerade da, bereit, mich zum Schreien zu bringen.

„Viel besser“, schnurre ich, während ich auf Händen und Knien auf die Matratze sinke und zu ihm krieche.

Ich lecke mir über die Lippen, während ich nach ihm greife. Er stöhnt, als ich nach seinem dicken Schaft greife und seine Eichel mit meiner gierigen kleinen Zunge benetze.

Ich liebe seinen Schwanz. Ich verschlinge ihn tief in meinem Mund, bis meine Augen tränen und ich daran ersticke. Und selbst dann möchte ich ihn nicht wieder herausziehen. Ich liebe es, wie er mich ausfüllt.

„Dieser scharfe kleine Mund fühlt sich so gut an, Prinzessin“, stöhnt er, während ich ihn in mich reingleiten lasse und wieder herausschiebe. „Möchtest du, dass ich in deiner hübschen kleinen Kehle abspritze?“

Mit seinem Schwanz in meinem Mund antworte ich mit „Ja“, aber es kommt nur ein Glucksen heraus.

Meine Muschi ist so feucht. Es ist so unglaublich erregend, vor diesem riesigen Berg von einem Mann dazuknien. Es macht mich ganz nass, zu wissen, dass ich ihn so hart mache. Dass ich diejenige bin, die ihm dieses tiefe, lustvolle Stöhnen aus seiner breiten, tätowierten Brust entlockt.

Er holt tief Luft, vergräbt sich in meiner Kehle und löst sich mit einem lustvollen Knurren. Ich halte mich an seinen Schenkeln fest und versuche, meine Kinnlade zu entspannen, als ich spüre, wie sein heißes Sperma mich ausfüllt. Er sieht mich mit dunklen, begehrlichen Augen an, während ich alles hinunterschlucke und angesichts des köstlichen Geschmacks stöhne.

Sobald der letzte Tropfen aus ihm herausgekommen und in mich hineingelangt ist, dreht er mich mit seinen rauen Händen und einem fordernden Grunzen auf dem Bett herum. Er setzt mich auf Händen und Knien ab und baut sich dann hinter mir auf.

Ich wackle mit meinem Hintern, während ich ihn ansehe. Scheiße, dieses Gesicht ... Diese Schultern ... Er ist so unglaublich scharf. Wie kann das alles wahr sein?

Alle Gedanken und Fragen verfliegen, als ich seine pralle Eichel erneut in mir spüre. Es sind nur noch Empfindungen. Ich kann mich nur noch auf diesen großen, herrlichen Schwanz konzentrieren, der mich ausdehnt.

Ich bin so feucht, dass ich ihn mit Leichtigkeit aufnehme, was ein Glück ist, da er sich anscheinend nicht beherrschen kann. Seine großen, kräftigen Hände umschließen meine Hüften und ziehen meinen Körper in jeden seiner harten Stöße.

Er vögelt mich wie ein Tier. Er stößt mich so hart, dass das Bett gegen die Wand knallt.

Ich bespritze seinen Schwanz und ein paar Minuten später komme ich gleich nochmal.

Diesem Mann gehört meine Muschi. Ihm ganz allein.

Ich möchte keinen anderen. Niemals. Nur Tyler Becker und seinen riesigen Schwanz.

Er kommt tief in mir und mit jedem anderen Mann wäre es das nun gewesen. Aber nicht mit Tyler.

Meine Augen fallen zu und als ich wenig später aufwache, hat er den Whirlpool auf dem Balkon mit warmem Wasser gefüllt und Luftbläschen treten sprudelnd hervor.

Ich lächle, als er mich hochhebt und hinausträgt. Er riecht so verlockend warm und behaglich. So einladend, als würde man am Ende eines langen Wintertages in sein warmes Zuhause zurückkehren. Ich schmiege mein Gesicht an seine Brust und atme seinen Duft ein. Er trägt Eau de Cologne für mich. *Mhmmmmm.*

Er trägt mich zum Whirlpool und lässt mich dort hineingleiten. Ich stöhne, als das heiße Wasser mich umspült. Der Wasserspiegel steigt deutlich an, als er hinter mir hereinklettert.

Wir sitzen eine Weile so da, streicheln uns gegenseitig die Arme und schauen zu den Sternen hinauf. Es ist wunderschön, aber es hält nicht lange an. Schon bald beuge ich mich über ihn, sein Mund klebt an meiner Muschi und ich versuche, nicht zu schreien.

Ich spritze auf seiner Zunge ab und gleite dann an seinem kräftigen Körper nach unten. Dort nehme ich ihn tief in mir auf, während das Wasser auf den Balkon schwappt.

„Begleite mich morgen zur Hochzeit“, flüstere ich gegen seinen Mund, während ich auf seiner prallen Länge reite. „Als mein Date.“

Er schlingt seine starken Arme um mich und küsst mich auf den Mund. Ich lasse meine Klitoris an seinem harten Becken reiben und Lustschübe schießen durch meinen Körper.

„Ich wäre liebend gerne dein Date“, antwortet er, als

sich unsere Münder endlich voneinander lösen. „Ich bin gleich da."

Der Rest der Nacht ist ein Traum, aber als ich am Morgen aufwache, ist alles wie weggeblasen.

Tyler ist weg.

Kein Zettel. Kein Lebewohl. Kein Garnichts.

Es ist so, als wäre er nie hier gewesen. Seine Klamotten liegen nicht mehr auf dem Boden und alles, was von ihm übrig ist, ist ein erdrückendes Verlorenheitsgefühl in meiner Brust.

Ich schätze, das war's ...

Ich bin wohl verarscht worden.

Nun werde ich also doch alleine zur Hochzeit gehen müssen.

Allerdings jetzt mit einem gebrochenen Herzen.

Kapitel Elf

Carrie

„Macht euch bereit“, ruft Mias Hochzeitsplanerin, als sie einen Blick in die Kirche wirft.

Wir stehen im Vorraum und sind bereit, zum Altar zu schreiten.

„Viel Glück!“, wünscht Savannah Mia, bevor sie und Henry, einer der Trauzeugen, sich zum Traualtar begeben.

Elle und Thomas sind die nächsten. Dann folgen Lucy und Mark.

Ich wende mich der Braut zu und lächle. Sie sieht so glücklich aus. Das lässt mir das Herz aufgehen.

Heute gibt es keine Traurigkeit, ermahne ich mich. *Nach dem Wochenende kannst du so viel weinen, wie du willst. Aber heute wird nur gelächelt und gute Laune verbreitet.*

„Ich danke dir für alles, Carrie“, lächelt Mia voller Dankbarkeit. „Nicht nur für die Hochzeit. Für unser ganzes Leben.“

Ihr Vater lächelt stolz, während sie seinen Arm hält.

Wir sind seit der ersten Klasse beste Freundinnen, als Kyle Yule mein Glas mit gelber Farbe verschüttet hat und sie ihres mit mir geteilt hat.

„Carrie", verkündet die Hochzeitsplanerin, „dein großer Auftritt!"

„Ich liebe dich, Süße", zwinkere ich ihr zu. „Lass es krachen."

Wir schenken uns ein letztes Lächeln, dann drehe ich mich um und schreite den Gang entlang.

Da kehrt mein Liebeskummer zurück. Die Einsamkeit ist erdrückend. Wie hat er nur zuerst meine ganze Welt umkrempeln können und ist dann einfach abgehauen, ohne sich zu verabschieden?

Doch an diesem Tag geht es nicht um dich. Reiß dich für Mia zusammen.

Ich straffe meine Schultern und lächle, während ich den Mittelgang hinunter zum Bräutigam und dem Rest der Hochzeitsgesellschaft gehe.

In diesem Moment fällt mir mein hünenhafter Mann aus den Bergen ins Auge.

Tyler sitzt mitten in der Menge und ist fast einen Kopf größer als alle anderen. Seine verführerischen braunen Augen brennen sich in mich hinein. Ich erschaudere bei der geballten Aufmerksamkeit, mit der sie auf meinen Körper gerichtet sind.

Natürlich ist er gekommen. Warum hättest du auch was Anderes denken sollen?

Ich komme mir vor wie eine Idiotin. Natürlich sind diese Gefühle echt. Natürlich liebt er mich. Nie wieder werde ich an ihm zweifeln.

Voller Glücksgefühle laufe ich den Rest des Weges

durch den Altarraum. Ich kann nicht aufhören zu lächeln. Meine Augen füllen sich mit Tränen.

Dann nehme ich meinen Platz am Traualtar ein, zu aufgeregt, um klar zu denken.

Er ist gekommen. Natürlich, er ist gekommen.

Plötzlich ändert sich die Musik und unsere wunderschöne Braut schreitet am Arm ihres stolzen Vaters heraus.

Ich lächle, als ich sehe, wie Mia auf ihren Bräutigam zugeht, aber es fällt mir schwer, meinen Blick lange auf ihr zu halten.

Stattdessen huscht er zu Tyler hinüber. Er hat den Blick lediglich auf mich gerichtet und schenkt weder der Braut noch sonst jemandem auf der Welt Beachtung. Ich bin alles für ihn. Werde immer die Nummer eins für ihn sein.

Mein Herz trommelt in meiner Brust und ich fühle mich wie neugeboren und kann es kaum erwarten, dass diese Zeremonie zu Ende ist. Kann es kaum erwarten, die Stufen hinunter zu rennen und in seine starken, verführerischen Arme zu springen.

Er sieht in seinem heißen marineblauen Anzug mit burgunderroter Krawatte einfach verführerisch aus. So anders als das erste Mal, als ich ihn gesehen habe, als er wie die Verkörperung der reinen, wilden Männlichkeit ausgesehen hat. Er wirkt stilvoll und elegant, als käme er geradewegs aus einem hochkarätigen Männermagazin und nicht aus der Wildnis.

Julian umarmt Mias Dad und führt dann seine Braut die Treppe hinauf. Die Art und Weise, wie die beiden sich anblicken, rührt mich zu Tränen.

Die Zeremonie vergeht wie im Flug. Ich überreiche Mia den Ring und sie steckt ihn ihrem Bräutigam an den Finger.

Als ich Tyler einen Blick zuwerfe, lächelt er mich liebevoll an. Meine Wangen erröten, während ich meinen Blick zu Boden senke. Manchmal ist er einfach zu viel für mich. Ich habe mich immer noch nicht daran gewöhnt.

Dann verkündet der Pfarrer stolz, dass Mia und Julian nun Mann und Frau sind und die Menge jubelt, als sie sich zum ersten Mal küssen.

Mein Herz rast, während ich darauf warte, endlich wieder frei zu sein. Wir ziehen alle gemeinsam durch den Mittelgang aus der Kirche aus, während aus der Kirchenorgel feierliche Musik erklingt.

Als sich die Leute um die Frischvermählten scharen, um ihnen zu gratulieren, schleiche ich mich zur Seite und suche nach meinem Mann. Er ist nicht schwer zu finden. Es ist so, als würde man versuchen, einen Erwachsenen in einem Raum voller Kinder zu finden.

Ich bahne mir einen Weg durch das Gedränge und steuere auf ihn zu.

„Hallo!", begrüße ich ihn und schaue mit einem Dauergrinsen zu ihm hoch. „Du bist also doch gekommen."

„Natürlich bin ich gekommen", antwortet er, während er meine Hände ergreift und sie festhält. „Hast du denn etwa daran gezweifelt?!"

„Nein, na ja, ja, vielleicht. Ich war mir nicht sicher."

Sein Gesicht verzieht sich. „Ich bin immer für dich da, Carrie. Ich lasse dich nie im Stich."

„Ich weiß, es ist nur ..."

Er sieht so bestürzt aus, als wäre allein der Gedanke, dass er mich enttäuscht haben könnte, schon zu viel für ihn.

„... du warst nicht da, als ich aufgewacht bin. Ich habe gedacht, dass du vielleicht ... Ach, vergiss es. Das war dumm von mir."

Da drückt er meine Hand und zieht mich hinter eine

große Engelsstatue in der Kirche. Hier hinten sind wir ganz allein, niemand ist da.

„Du hast so friedlich geschlafen", flüstert er. „Ich habe es nicht übers Herz gebracht, dich zu wecken. Aber ich habe schon früh aufstehen müssen, um in die Stadt zu fahren und mir einen neuen Anzug zu kaufen. Ich brauche nicht oft einen."

Ich muss lächeln, als ich mit den Fingern über seine burgunderrote Krawatte streiche. „Du siehst gut aus."

„Ich musste in drei Städte fahren, um einen Anzug zu finden, der mir passt", berichtet er schmunzelnd. „Keiner hatte meine Größe im Angebot."

Ich kann mir gut vorstellen, warum. Noch nie in meinem Leben habe ich einen so großen und muskulösen Mann wie ihn gesehen.

„Und da wäre noch was Anderes", fügt er mit einem Zwinkern in den Augen hinzu.

„Ach ja?"

Er nickt mit einem Grinsen im Gesicht.

Ich schnappe nach Luft, als er auf die Knie sinkt und eine kleine blaue Schachtel herauszieht.

„Was ist das?", frage ich mit zittriger Stimme.

Er öffnet die Schachtel und zeigt mir seinen Inhalt.

Mir bleibt das Herz stehen, als ich den wunderschönen, funkelnden Diamantring bestaune. *Das gibt's doch nicht ...*

„Heirate mich, Carrie", beginnt er mit dieser sanften, tiefen Stimme, die mich jedes Mal erschaudern lässt, wenn ich sie höre. „Werde meine Frau. Ich möchte für immer und ewig mit dir zusammen sein. Ich bin bereits in jeder Hinsicht an dich gebunden. Machen wir es also doch auch amtlich."

Ich blicke ihn fassungslos an. Ich kann nicht einmal klar denken.

„Würdest du mich zum glücklichsten Mann der Welt machen und mich heiraten?"

Ich kann nicht sprechen, also nicke ich. „Ja", bringe ich gerade noch so heraus. „Ja, ich heirate dich, Tyler."

Da springt er auf und schließt mich in seine kräftigen Arme. Ich kichere vor Glück, als er mich herumwirbelt.

In meinem Kopf kreisen eine Million aufgeregter Gedanken, während er mir den Ring an den Finger steckt. Ich würde ihn sofort heiraten, wenn ich nicht noch ein paar Pflichten als Trauzeugin zu erfüllen hätte.

Es ist Mias Hochzeit, aber dieser Augenblick gehört nur uns.

Heute werde ich allerdings niemandem davon erzählen. Ich möchte meiner besten Freundin ja nicht die Show stehlen.

Außerdem gefällt es mir irgendwie, mit diesem Mann ein Geheimnis zu haben. Das ist so ungezogen und macht Spaß.

Ich gebe ihm den Ring zurück, damit er ihn aufbewahrt, auch wenn es mir weh tut, ihn vom Finger zu ziehen. Sobald die Hochzeit vorbei ist und ich ihn wieder anstecken kann, nehme ich ihn nie wieder ab. Nie wieder. Nicht einmal, um den Abwasch zu machen.

Händchenhaltend und mit einem breiten Grinsen im Gesicht spazieren wir wieder nach draußen.

Die Hochzeit geht weiter und niemand ahnt, dass ich mit diesem tollen Mann verlobt bin. Das bleibt unser kleines Geheimnis.

Wir verbringen den Rest des Abends damit, zu tanzen, mit Freunden zu lachen und uns noch mehr ineinander zu verlieben. Meine Rede als Trauzeugin kommt super an und alle lachen über meine Geschichten und Witze. Am

Anfang bin ich angespannt, aber das Wissen, dass Tyler im Saal ist, beruhigt mich.

Mia ist begeistert und umarmt mich vor allen Anwesenden.

Alles in allem ist das der beste Abend meines Lebens.

Und mit diesem außergewöhnlichen Mann an meiner Seite weiß ich, dass die schönen Zeiten gerade erst angefangen haben!

Epilog

Carrie

Drei Monate später …

„Was ist das für ein Vogel?“, fragt einer meiner Reiter, während unsere Pferde den Berg hochtraben.

Oh Scheiße, ich habe überhaupt keine Ahnung.

„Das ist ein brauner Prinzessinnenspecht“, erwidere ich und lasse mit schnell irgendeine Fantasieantwort einfallen. Hoffentlich gibt es unter den Leuten keine Vogelexperten, die mich zurechtweisen.

Doch alle nicken nur und machen Fotos von ihm, bevor er wegfliegt. *Puh!*

Das ist erst die dritte Tour, die ich als Guide leite. Tyler hat mich ein paar Wochen lang geschult, indem er mich auf andere Touren mitgenommen und mich mit den Pferden und all den Problemen, die auftreten könnten, vertraut gemacht hat. Letztes Wochenende hat er dann endlich entschieden, dass ich soweit bin, alleine mit den Reitern loszuziehen. Ich war ziemlich angespannt, aber bisher ist alles gut gelaufen. Naja, abgesehen von den gelegentlichen Fragen nach Vögeln ...

Gleich am Tag nach Mias Hochzeit haben wir geheiratet. Wir konnten keine Minute länger warten. Nach dem Aufwachen haben wir schnell gefrühstückt, einen Quickie auf dem Küchentisch hingelegt und sind dann zum Gerichtsgebäude gerast. Gleich nachdem es geöffnet worden war, waren wir die ersten in der Schlange, um unter die Haube zu kommen.

Ich bin von Calgary nach Montana gezogen und habe seitdem keinen Gedanken mehr an Kana verloren. Ich lebe *unglaublich gern* mit Tyler zusammen. Jeden Abend mit ihm zu Bett zu gehen und neben seinem großen, kräftigen Körper aufzuwachen, ist besser als alles, was ich mir je erträumt habe.

Wir verstehen uns großartig und unsere Verbindung scheint sich jeden Tag zu vertiefen.

Ich arbeite immer noch für die Marketingfirma, aber ich überlege, ob ich sie verlassen und das Business mit Tyler vergrößern sollte. Es läuft zwar nicht schlecht, aber ich könnte den Laden mit ein paar einfachen Werbemaßnahmen und einer neuen Marke in der ganzen Region ausbauen und vergrößern. Darüber habe ich in letzter Zeit viel nachgedacht.

„Wow“, flüstert eines der Mädchen hinter mir und ich lächle, weil ich genau weiß, worüber sie gerade staunt.

Ich drehe mich um und grinse, als ich meinen Mann auf seinem riesigen schwarzen Hengst den Weg hinter uns hochreiten sehe. Tylers Oberkörper ist unbekleidet und alle Augenpaare sind auf ihn gerichtet, sowohl die der Männer als auch der Frauen.

Das Mädchen, das „wow" geflüstert hat, versucht, ihn heimlich zu beobachten, ohne dass das irgendjemand merkt. Ich aber schüttle nur den Kopf und lache. Ich hätte wahrscheinlich das Gleiche getan.

Sein riesiges Pferd Bucky kommt herangaloppiert, und Tyler nimmt die Zügel in die Hand. Er ist ein echtes Naturtalent auf dem Pferd. Es ist wunderschön, ihm zuzusehen. Sein langes Haar ist offen, sodass es hinter ihm in der Brise herweht.

Und er gehört nur mir allein.

Mit einem verführerischen Grinsen auf den Lippen galoppiert er direkt auf mich zu. Ich fühle mich innerlich ganz wuschig, wie immer bei diesem Mann.

Mein Puls rast, als er sich zu mir beugt und mich küsst, wobei sein langer Bart mein Kinn kitzelt.

Ich drehe mich wieder zu meiner Gruppe um und alle starren mich fassungslos und verwundert an.

„Das ist mein Mann Tyler", stelle ich ihn stolz vor. „Er ist der Eigentümer der Greene Mountain Stables."

„Miteigentümer", berichtigt er mich, während er seine Hand auf meinen Oberschenkel legt. „Die andere Hälfte gehört meiner wunderschönen Frau."

Er ist so süß. Er wollte eine echte Partnerschaft im Leben und im Beruf, also hat er mich nach unserer Heirat zur Miteigentümerin seiner Firma und Miteigentümerin seines Hauses gemacht. Ich habe ihm immer wieder gesagt, dass er das nicht tun muss, dass wir noch ein paar Jahre warten sollten, aber er war hartnäckig und hat darauf bestanden.

Jetzt bin ich also Teilhaberin eines erfolgreichen Reitbetriebs, was bedeutet, dass ich nun auch ganz offiziell ein paar Pferde besitze! Das Pferd, auf dem ich gerade reite, ist mein Lieblingspferd. Ihr Name ist Lacy und ich liebe sie.

Sie hat noch nie versucht, mich abzuwerfen oder schneller zu laufen, als mir lieb ist, und sie ist immer so aufgedreht, wenn sie mich sieht, dass sie mit dem Schwanz wedelt und am Boden scharrt. Sie ist ein echtes Schätzchen.

„Alles klar bei dir?“, flüstert Tyler und lehnt sich dicht an mich heran. „Ist dir wieder übel?“

„Alles in Ordnung“, erwidere ich mit einem knappen Lächeln, auch wenn mir ein bisschen übel ist. Das liegt an den Lavendelblüten auf dem Feld da vorne. Normalerweise liebe ich ihren Geruch, aber im Augenblick würde ich am liebsten meinen Kopf zwischen meine Beine stecken.

Oh, ja. Ich bin schwanger!

Das haben wir vor ein paar Wochen herausgefunden, als der Schwangerschaftstest positiv ausgefallen ist. Tyler war so was von begeistert. Er hat mich hochgehoben, herumgewirbelt und gebrüllt, als hätte er gerade im Lotto gewonnen. Als er mich wieder abgesetzt hat, hatte er Tränen in den Augen.

Ich kann es kaum erwarten, ihn als Vater zu sehen. Er wird ein toller Dad sein, das weiß ich einfach.

„Es sieht so aus, als wäre dir ein bisschen schlecht“, flüstert er.

Na toll. Er sieht aus wie ein Berggott und ich wie die weibliche Ausgabe vom Grinch. Das ist nicht fair. Ich möchte mich doch für ihn von meiner attraktivsten Seite zeigen. Wir sind erst seit ein paar Monaten zusammen, also ist es noch viel zu früh, um mich in meinem schlechtesten Licht darzustellen.

„Ich kann die Tour beenden“, schlägt er vor. „*Falls* du dich etwas ausruhen möchtest.“

Ich möchte ihm schon widersprechen, entscheide mich dann aber dagegen. Er ist so ein toller Mann. Ihn kümmert nicht, dass ich nicht gut aussehe. Er wäre immer noch in mich verliebt, wenn ich grün, lila oder türkis wäre. Er liebt mich um meiner selbst willen.

„Also gut", erwidere ich und drücke dankbar seine Hand. „Das wäre schön."

Ich muss mich erst noch daran gewöhnen, dass jemand auf mich aufpasst und mir bei allem helfen will. Es wird wohl noch einige Zeit dauern, bis ich mich ganz darauf eingestellt habe.

„Eurer schwangeren Fremdenführerin ist ein wenig übel", erkläre ich der Gruppe, „deshalb wird Tyler den Rest der Tour übernehmen."

Alle seufzen gemeinsam auf, sogar das Mädchen, das Tyler nicht aus den Augen gelassen hat.

Na sicher, du bist bestimmt total enttäuscht, würde ich am liebsten zu ihr sagen, und die Augen verdrehen. Stattdessen schenke ich ihr ein strahlendes Lächeln.

„Ruh dich aus", flüstert Tyler mit einem Nicken. „Du wirst deine Energie später brauchen."

Ich lächle und streichle ihm zum Dank über den Arm.

Die Gruppe setzt ihren Weg fort und ich bleibe auf meinem Pferd sitzen und beobachte, wie Tyler auf verschiedene Einzelheiten in ihrer Umgebung deutet. „Das sind östliche Weißkiefern und schaut mal da, da könnt ihr einen Braunkopf-Kuhstärling sehen."

„Die andere Dame hat gemeint, das wäre ein brauner Prinzessinnenspecht", erzählt ein älterer Mann in der Gruppe.

Hoppla! Zeit, den Rückzug anzutreten!

Ich wende Lacy schnell und eile den Weg zurück, während sich ein paar Reiter umdrehen und mich mustern.

Braunkopf-Kuhstärling und *kein* brauner Prinzessinnenspecht. Zur Kenntnis genommen.

Ich kichere vor mich hin, während ich mir den Bauch

halte. Ich bin ungefähr im dritten Monat und freue mich riesig darauf, dass das Baby auf die Welt kommt und wir alle zusammen eine kleine Familie sein können. Ich habe keine Ahnung, welches Geschlecht das Kind hat, aber ich habe das Gefühl, dass es ein Mädchen sein wird.

Lacy führt mich den Bergpfad hinunter und die kühle Brise trifft auf meine verschwitzte Haut. Die Aussicht auf die Berge von Montana ist atemberaubend und ich fühle mich so verdammt glücklich, dass ich hier bin. Ich kann es immer noch nicht fassen. Es fühlt sich alles so unwirklich an. Ich habe ein großartiges neues Leben mit meinem Traummann und *nichts* kann das kaputtmachen.

Oh-oh. Ein weiteres Feld mit Lavendel.

Ich springe vom Pferd, als mich eine weitere heftige Welle Übelkeit überkommt, und erbreche mich auf der Stelle ins Gras.

Nun, *fast nichts* kann das kaputtmachen ...

Epilog

Tyler

Vierzehn Jahre später ...

Dankbarkeit erfüllt jeden Winkel meines Körpers mit einem warmen Glühen, als ich zurückbleibe und meiner Familie zusehe, wie sie den Berg hinaufreitet. Ich bilde das Schlusslicht, vor mir unsere sechsjährige Lauren, dann unser neunjähriger Luca, dann meine wunderbare, liebevolle Frau Carrie und an der Spitze reitet wie immer unser dreizehnjähriger Eric.

Wir haben diese Tour schon unzählige Male gemacht, aber irgendetwas an dem heutigen Tag hat es mir besonders angetan. Vielleicht ist es das herrliche Wetter – ein warmer Sommertag mit einer kühlen Brise – oder das leckere Frühstück, das wir gemeinsam genossen haben: Waffeln mit frischem Obst und Schlagsahne. Carrie hat ein paar Oldies gespielt und dabei in der Küche herumgetanzt, während wir gekocht haben. Ich habe mitgemacht und dann auch die Kinder. Kein Streit, keine Tränen – nur eine sonntägliche Pyjamaparty.

Ich fühle mich so glücklich. Ich bin so dankbar, dass ich meine wunderbare Familie habe, mit der ich diesen schönen Augenblick teilen kann.

Wenn ich daran denke, dass ich mit Anfang dreißig nichts von alledem wollte. Dass ich einfach nur in Ruhe gelassen werden wollte. Ich schüttle den Kopf und frage mich, wie ich bloß so falsch liegen konnte. Wie hatte ich nur so dumm sein können?

Die außergewöhnliche Frau da oben, die auf dem braunen Pferd reitet, hat das alles geändert. Ich bin so dankbar dafür, dass sie sich verfahren hat, für den Regen, für den Matsch, für ihr beschissenes altes Auto. Wo wäre ich ohne all das gelandet? Wie traurig und einsam wäre ich dann gewesen?

Meine Augen werden feucht und ich bin ganz gerührt, wenn ich meine Familie auf den Bergen sehe, die ich liebe. Sie haben mein Leben wirklich lebenswert gemacht. Sie sind alles für mich.

Carrie wendet sich mit einem Lächeln um. Sie runzelt die Stirn, als sie sieht, dass ich so bewegt bin.

Sie lenkt ihr Pferd an den Wegesrand und lässt Luca und Lauren vorbei.

„Was ist denn los?", flüstert sie, als ihr Pferd sich zu meinem gesellt. „Weinst du?"

„Nein", antworte ich und wische mir die Träne weg. „Ich bin nur ... so glücklich, dass ich euch alle habe. Ich empfinde das zwar immer, aber heute trifft es mich noch ein bisschen mehr."

Auch ihr treten die Tränen in die Augen, während sie

lächelt. „Ich fühle mich zu jeder Minute an jedem Tag genau so. Ich wüsste nicht, was ich ohne dich getan hätte."

Ich spüre, wie sich mein Herz in meiner Brust ausdehnt, als könnte es gar nicht mehr voller werden. Manchmal frage ich mich, ob mein Körper überhaupt noch mehr Liebe vertragen kann. Es ist, als würde ich vor Liebe platzen.

„Zum Glück müssen wir uns das nicht fragen", erwidere ich, während ich ihre Hand ergreife.

Sie drückt mir dankbar die Finger und lehnt ihren Kopf an meine Schulter. Unsere Pferde laufen weiter den wunderschönen Bergpfad hinauf, während wir unsere großartigen Kinder beobachten.

Als ich Carrie verirrt mitten auf dem Berg aufgefunden habe, hatte ich zunächst gedacht, ich hätte sie gerettet, aber jetzt weiß ich, dass dem nicht so ist. Ich war derjenige, der sich tatsächlich verirrt hatte, und sie war diejenige, die mich gefunden hat.

Sie hat mir alles geschenkt – Kinder, Liebe, Glück, ein lebenswertes Leben.

Und jeden Tag versuche ich mein Bestes, um mich bei ihr erkenntlich zu zeigen. Um ihrer Liebe würdig zu sein.

In einigen wundersamen Augenblicken, wie diesem hier, habe ich das Gefühl, dass ich diesem Ziel schon ziemlich nahe gekommen bin.

Das Ende.

Melde dich für den Newsletter von Olivia T. Turner an, um

Olivia T. Turner

über neue Veröffentlichungen, Enthüllungen von Buchcovern und mehr auf dem Laufenden zu bleiben!

https://www.oliviatturner.com/deutscher-newsletter.html

www.OliviaT.Turner.com

Urheberrecht © 2023 von Olivia T. Turner.

Alle Rechte vorbehalten. Kein Teil dieses Buches darf ohne schriftliche Genehmigung der Autorin in irgendeiner Form oder mit irgendwelchen Mitteln reproduziert oder übertragen werden, sei es elektronisch oder mechanisch, einschließlich E-Mail, Fotokopieren, Drucken, Aufzeichnen oder durch ein Informationsspeicher- und -abrufsystem. Für Anfragen zur Erlaubnis bitte an Olivia@oliviatturner.com mailen.

Dies ist eine fiktive Arbeit. Jegliche Ähnlichkeit mit realen Ereignissen, Unternehmen, Firmen, Orten oder Personen, lebendig oder verstorben, ist rein zufällig.

www.OliviaTTurner.com

Bottomless Books Publishing Inc.

PO Box 1011, Saint-Lazare, QC, J7T 2Zt, Canada

Übersetzer: Stephan Waba

Cover-Design von Olivia T. Turner

Printed in Poland
by Amazon Fulfillment
Poland Sp. z o.o., Wrocław

30473228R00060